曾熙致譚延闓書札

曾熙　著
曾迎三　整理點校

商務印書館

谨以此书纪念曾熙诞辰一百六十周年

序

曾熙，字子緝，晚號農髯，行承九。一八六一年生於湖南衡陽，一九三〇年去世，享壽七十歲。

在曾熙七十年跨度的人生結構中，最爲人熟知的是「曾李」的稱號，其中「李」是李瑞清，即清道人。他們自青年時期就癡迷書法，清朝覆滅後，雙雙以書法馳名上海灘。他們的生徒和友人在曾熙去世後，組織「曾李同門會」，至今影響藝壇，餘音繚繞。

李瑞清的英年早逝是曾熙心裏抹不去的痛。他們有着太多共同的青春記憶，也許正是李瑞清召喚處在政治逆境中的曾熙到自己打拼出來的上海書法平臺發展，才成就曾熙從「平庸官僚」到「名書畫家」的轉換。但是人們往往忽略曾熙人生結構裏的另一個人：譚延闓。「曾譚」和「曾李」的雙結構構成了曾熙人生的雙綫，倘若沒有李瑞清和譚延闓，他的人生真不知道會如何書寫。

譚延闓小曾熙近二十歲，他字祖安、組庵、祖庵，自號無畏，湖南茶陵人。兩廣總督譚鍾麟第三子。一八八〇年生於浙江巡撫署。與從社會底層靠自己的苦學打拼，使盡全身力氣，一步一步躋身上流社會的曾熙不同，譚延闓出身顯赫，用今天的流行詞來説，就是個「官二代」。這個出身，使得他的前途一片光明。

不同於一般公子哥兒，這個「官二代」天資聰穎，在嚴厲的家教下，十一歲就習制藝。其父命其每天臨池，筆力之健，博得父執翁同龢的贊嘆。這個每天臨池的習慣一直保留到其生命的終點，無論政務如何繁複，每天起身第一件事就是臨池。如果不是政治聲名太盛，他應該躋身民國書法大家之列。他書法法顔真卿，有翁同龢風範，與于右任有「南譚北于」之稱。

一個草根平民，一個「官二代」，儘管他們藉助清代科舉最後的兩班末班車各自通過殿試取得進士「學位」，他們的交集却并非僅僅結緣於仕途。

事情還得從一九〇四年清朝頒布的「新學制」説起。爲力挽傾覆大勢，朝廷頒發了興辦學堂、提倡普及教育的聖諭，一時興辦學堂之風被於各地。

一九〇五年，曾熙任南路師範學堂監督。而本年譚鍾麟去世，守禮回乡的譚延闓被巡撫端方任命爲長沙中路師範學堂監督。就這樣，一南一中兩個湖南最重要的師範學堂的監督便有了交集的際會。

一九〇八年五月曾熙訪譚延闓，得見譚延闓之父鍾麟與翁同龢來往書札百餘通，愛不釋手，借觀彌月。這是曾譚之交有關書法之首見。

接着緣於清廷的「丁未新政」，湖南省設立諮議局，譚延闓當選爲議長，曾熙爲副議長，這是他們第一次做搭檔，并一直延續到清廷覆亡。民國建立，譚延闓由清朝的「諮議局議長」變身民國的湖南省都督。曾熙没有像他的摯友李瑞清那樣「忠於勝朝」、謝絶出山，而是做起了民國湖南議會的副議長。

一九一三年討伐袁世凱的「二次革命」爆發，譚延闓宣布湖南獨立。不久革命失敗，譚延闓經青島最後卜居上海。作爲「搭檔」的曾熙自然落入「勢單力孤」的窘境，守着年邁的母親，困于鄉里。一九一四年母親去世，守着「父母在，不遠游」古訓的曾熙，終於得以離開密布「袁黨」勢力的家鄉，於一九一五年繞道杭州孤身來到上海。

曾熙的上海之行，出於誰的召唤，這是個至今猶雲遮霧繞的懸案。上文説「也許」是李瑞清的召唤，但缺乏信而有力的證據。查《譚延闓日記》，曾熙上海之行前不久，譚延闓有致信曾熙的記録，而這封下落不明的信，也許與曾熙的這次上海之行密不可分。

拋開這個懸案不論，曾熙到上海，受到譚延闓熱情的歡迎。譚延闓辟出一室，供曾熙起居，從此曾熙再也没有回到衡陽的老家。

曾熙留滬專心致志於書畫，得以和「地方名紳」的身份説再見，譚延闓和李瑞清功不可没。正是得力於他們的力勸和幫助，曾熙完美成就了這一華麗轉身。

譚延闓有常年記日記的習慣，在他那篇幅浩瀚的日記裏，記載着他與曾熙的交往。無論是譚延闓一度離滬到長沙還是廣州從政期間，他們一直魚雁往來不絕。

一九三〇年八月二十七日，曾熙病逝於上海寓所，譚延闓聞訊痛悼不已。時譚延闓任南京國民政府行政院院長，百忙中親臨上海吊唁，挽之曰：「兄事卅年，豈意違離成永別；才包三古，只將書畫了生平。」痛惜之情，溢於言表。孰料返寧未及旬日，譚延闓居然也溘然而逝。

如果曾熙不死，譚延闓的英年早逝，恐怕也會是他心中揮之不去的痛。

他們的交誼見於《譚延闓日記》《曾熙年譜長編》以及近年發現的曾熙書信裏。現在商務印書館將影印出版發現的曾熙致譚延闓書信，無論作爲史料還是書法藝術，都不失爲一種文化積累，我舉雙手贊成。

本書以原函文字整理，不再另出校記。

王中秀

二〇一七年新夏

目次

附録一

附録二

前排中坐者爲曾熙

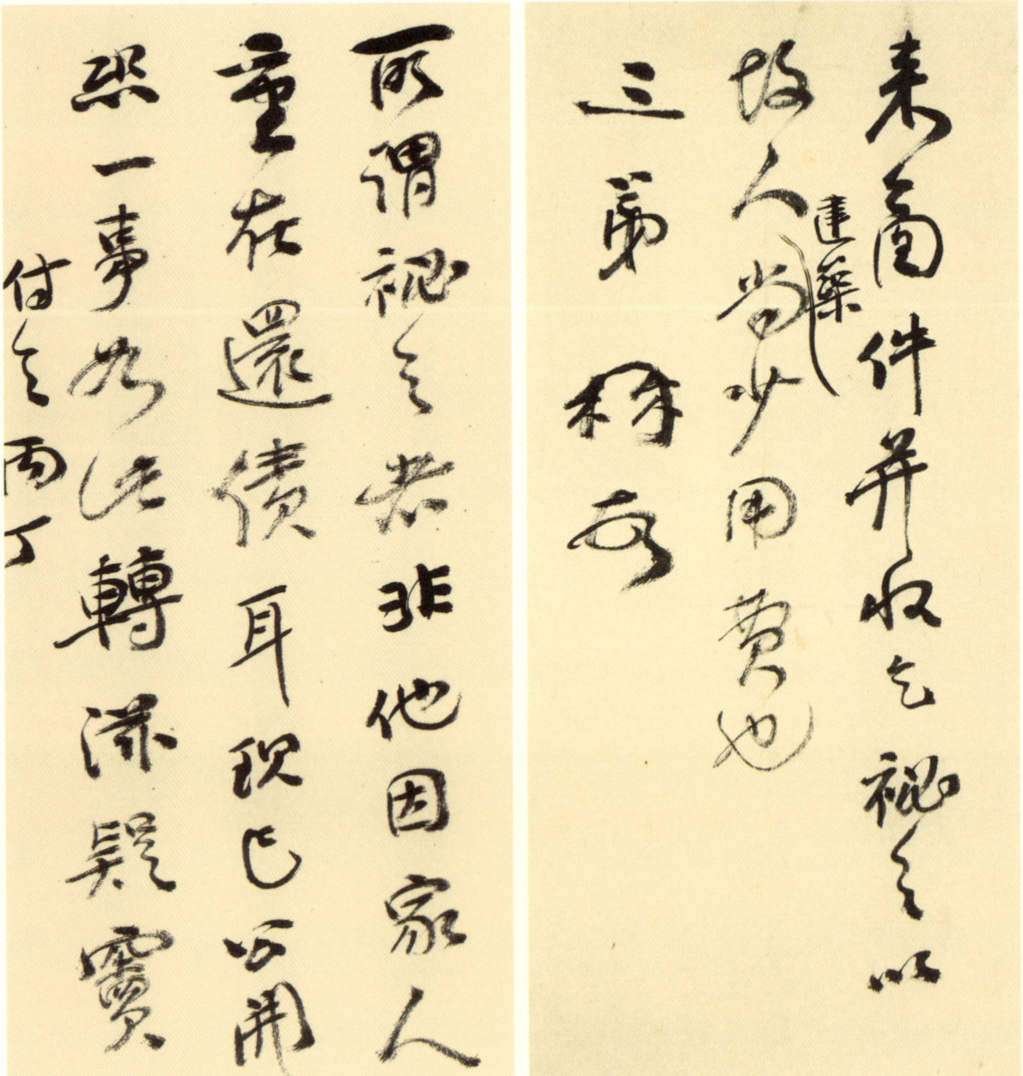

來函件并收乞祕之以
備人連藥尚少用費也
三弟 移安

所謂祕之者非他因家人
重在還債耳現已可用
恐一事爲先轉滯異靈
付之丙丁

第一通　致譚延闓書　一九一七年

三弟[一]

来函、件并收，乞祕之，以故人建築尚少用費也。

髯頓首

所謂祕之者非他，因家人重在還債耳。現已公開，恐一事如此，轉滋疑竇，付之丙丁。

[一]三弟，即譚延闓（一八八〇—一九三〇），字祖安、組庵、祖庵，號無畏，湖南茶陵人。兩廣總督譚鍾麟庶妻李氏所出第三子，故曾熙稱「三弟」「譚三」。近代著名政治家、詩人、書法家、收藏家、美食家。光緒三十年（一九〇四）進士，授翰林院編修。曾任湖南中路師範學堂監督、湖南諮議局議長。辛亥鼎革後，歷官湖南都督、國民革命軍第二軍軍長、國民政府主席、行政院院長等。著有《組庵詩集》《慈衛室詩草》等。

謂
復承寵翁賜傳
知收之高　弟當登到迎
二排先時到也　此上
祖弟三兄先生　近光
廿七

第二通　致譚延闓書　一九一七年

得復書即寄震翁[一]。明日倦知叟[二]之局，弟當蚤到，熙亦擬先時到也。此上

祖弟三先生

熙頓首　廿七

[一] 震翁，即俞明震（一八六〇—一九一八），字恪士，又字啟東，晚號觚庵，祖籍浙江山陰（今紹興），生於湖南。光緒十六年（一八九〇）進士，授翰林院庶吉士。官至甘肅布政使。辛亥革命後，爲民國平政院肅政史。晚年隱居滬、杭等地。工詩，撰有《觚庵詩存》四卷傳世。

[二] 倦知叟，即余肇康（一八五四—一九三〇），字堯衢，號敏齋，晚號倦知老人，湖南長沙人。光緒十二年（一八八六）進士。官至江西按察使、法部左參議。晚年僑寓滬上，以遺老寓公生活自遣。著有《余肇康日記》《敏齋詩存》等。

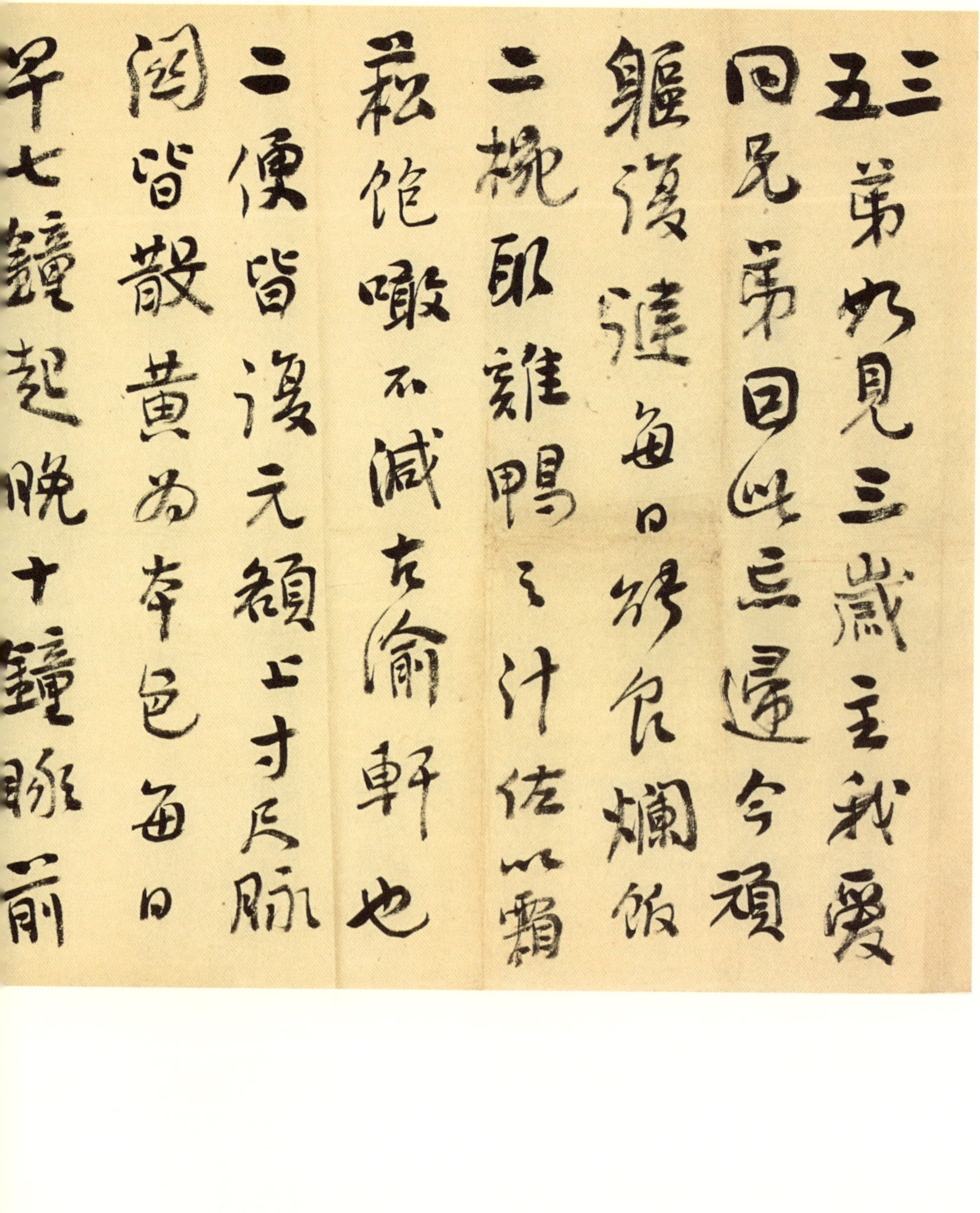
三五弟如見三歲主我愛
同兄弟回此亦還今頑
軀復健每日終食爛飯
二桃取雞鴨之汁佐以霜
秘飽噉不減在俞軒也
二便皆復元額上寸脈
悶皆散黃為本色每日
早七鐘起晚十鐘睡前

第三通　致譚延闓、譚澤闓書　一九一七年

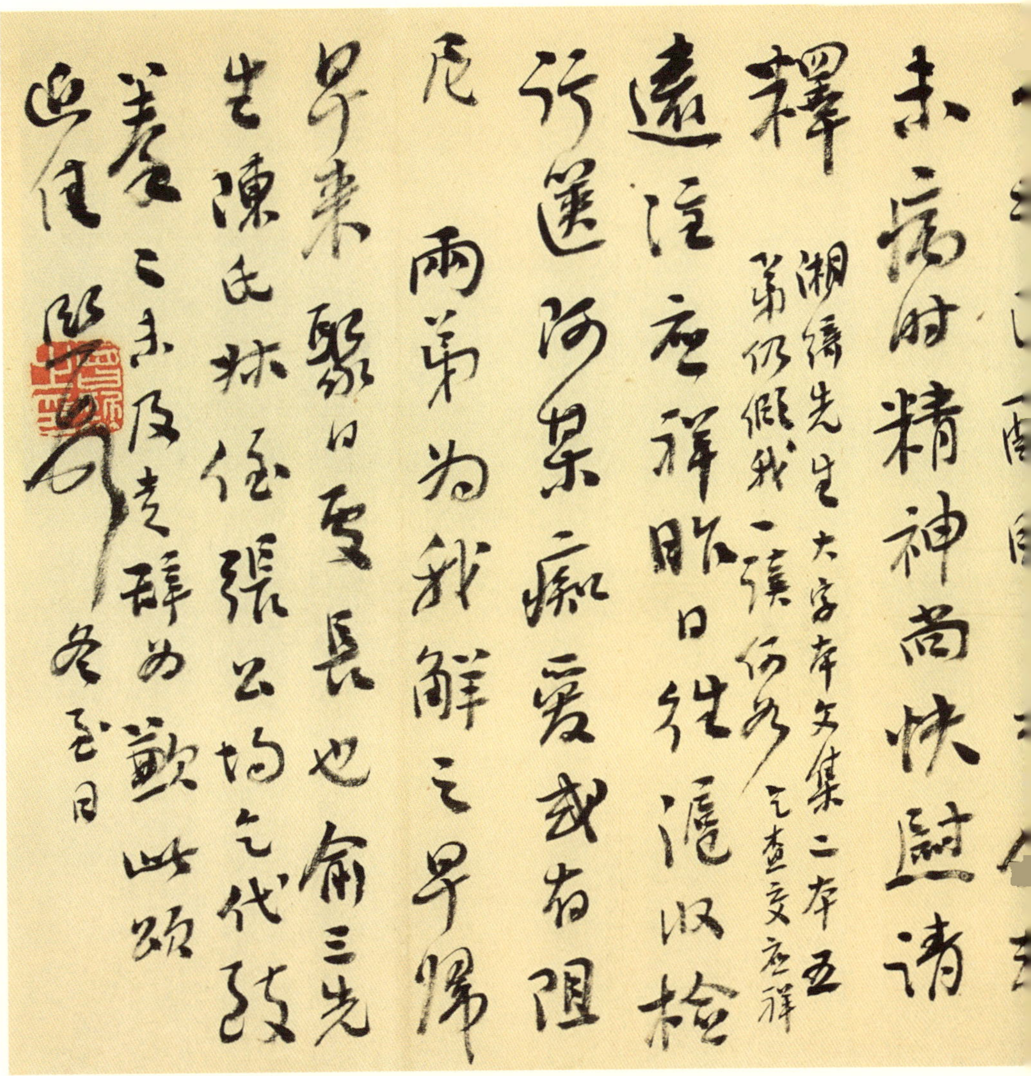

未病時精神尚快慰請
釋　湘綺先生大字本文集二本五弟仍假我一讀何如乞查交庵祥
遠注庵祥昨日往滬收檢
行篋阿梨痴愛或有阻
尼　兩弟為我解之早歸
早來聚日正長也俞三先
生陳氏妹姪張公均乞代致
意之未及者辭為歉此頌
近佳　熙頓首　冬至日

第三通　致譚延闓、譚澤闓書　一九一七年

三、五弟[一]如見：三歲主我，愛同兄弟，因此忘歸。今頑軀復健，每日能食爛飯二椀，取雞鴨之汁佐以霜菘，飽噉不減古渝軒也。二便皆復元，額上寸尺脉關皆散黄爲本色。每日早七鐘起，晚十鐘睡，前習頓改。酣睡不起，似較未病時精神，尚快慰，請釋遠注。（湘綺[二]先生大字本文集二本，五弟仍假我一讀何如？乞查交應祥。）應祥昨日往滬收檢行篋，阿某[三]痴愛，或有阻尼，兩弟爲我解之。早歸早來，聚日更長也。俞三[四]先生、陳氏叔侄、張公均乞代致拳拳，未及走辭爲歉。此頌

近佳

熙頓首　冬至日

鈐印：曾熙之印（白文）

［一］五弟，即譚澤闓（一八八九—一九四八），字祖同，號瓶齋，室名天隨閣，湖南茶陵人。兩廣總督譚鍾麟庶妻李氏所出第五子，譚延闓五弟，故曾熙稱「五弟」「五爺」。近代著名書法家、收藏家。王闓運門人。民國初年移居滬上，以鬻書爲業。一九二九年被故宫聘爲專門委員。遺稿有《譚澤闓日記》等。

［二］湘綺，即王闓運（一八三三—一九一六），初名開運，字壬秋，又字壬父，人稱湘綺先生，湖南湘潭人。晚清經學家、文學家。咸豐三年（一八五三）舉人。曾入曾國藩幕府。先後主講於成都尊經書院、衡州船山書院等。光緒三十四年（一九〇八）爲岑春煊舉薦，授翰林院檢討，加侍讀銜。一九一四年，任國史館館長。著有《湘綺樓詩集》《湘綺樓文集》《湘綺樓日記》等。

〔三〕阿某，即李瑞清（一八六七—一九二〇），字仲麟，號雨農、梅庵，晚號清道人，謚文潔，齋名玉梅花庵、黄龍硯齋等。祖籍江西臨川，生於粵，長於湘。近代著名教育家、金石學家和書畫家。光緒二十一年（一八九五）進士，曾任江寧提學使，兼兩江師範學堂監督。辛亥革命後，隱滬上，以設帳授徒鬻書畫自活。有《清道人遺集》傳世。著名弟子有李健、胡小石、吕鳳子、江丹書、張大千等。

〔四〕俞三，即俞明頤（一八七三—一九六六），字壽臣、壽丞。祖籍浙江山陰，生於湖南。俞明震三弟。曾任湖南陸軍小學堂（原武備學堂）總辦。娶曾國藩孫女曾廣珊爲妻。辛亥革命後，曾任商務印書館董事。

請轉約齋及託瓶萬宮
菜昱召實行之
告以便招堯老入暨
畏萬稍緩即刻
譚三丈人

上海九華堂寶記製箋

第四通　致譚延闓書　一九二一年

請轉約客及託瓶弟[一]定菜，是否實行，乞告，以便招堯老[二]入坐。

畏弟　　髯頓首　即刻

譚三大人

[一] 瓶弟，即譚澤闓。

[二] 堯老，即余肇康。

雨内
尊處敉威晚七
時已約子武矣俞
三先生仝弟与蛇
及邁多而并气
代約
畏公 檸崴 廿日

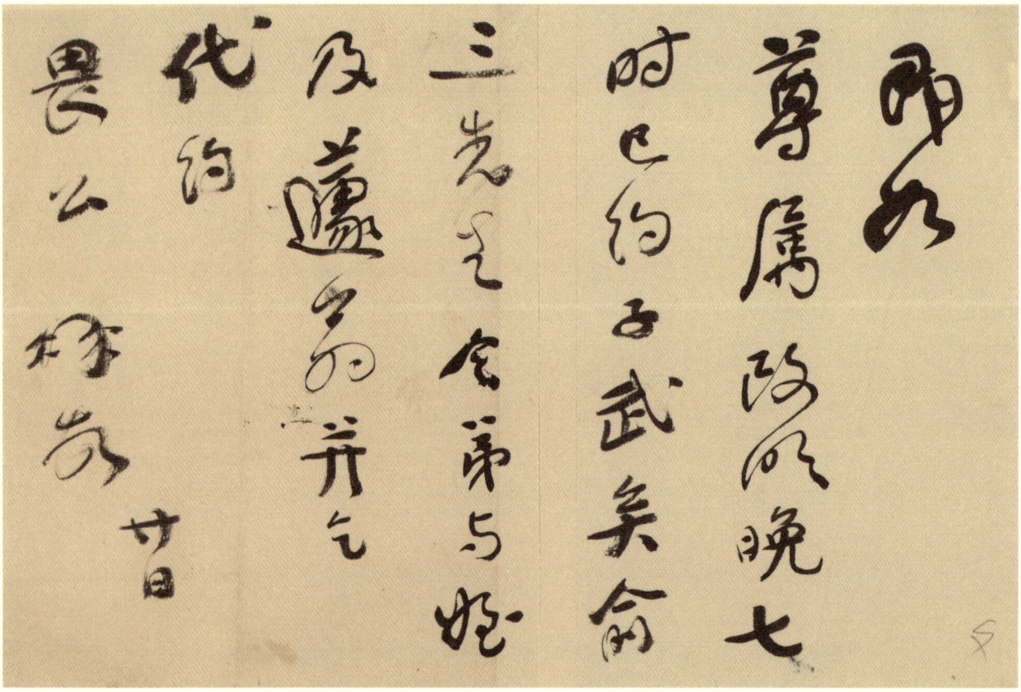

第五通　致譚延闓書

即如尊屬，改明晚七時，已約子武[一]矣。俞三先生、舍弟與姪及蘧翁[二]，并乞代約。

畏公

髯頓首　廿日

[一] 子武，即張其鍠（一八七七—一九二七），字子武，號無竟，廣西桂林人。光緒三十年（一九〇四）進士。以知縣分發湖南，歷任永州厘金局局長，零陵、芷江知縣。辛亥革命後，投靠直系軍閥吴佩孚，曾任廣西省省長。

[二] 蘧翁，即吕苾籌（一八八二—一九三九），字蘧蓀、蘧生。湖南益陽人。譚澤闓妻兄。曾任湖南督軍署秘書長、行政院秘書長，浙江省民政廳廳長等職。一九一五年冬，在上海唐山路三十七號譚延闓寓所拜入曾熙門下，學習書法。

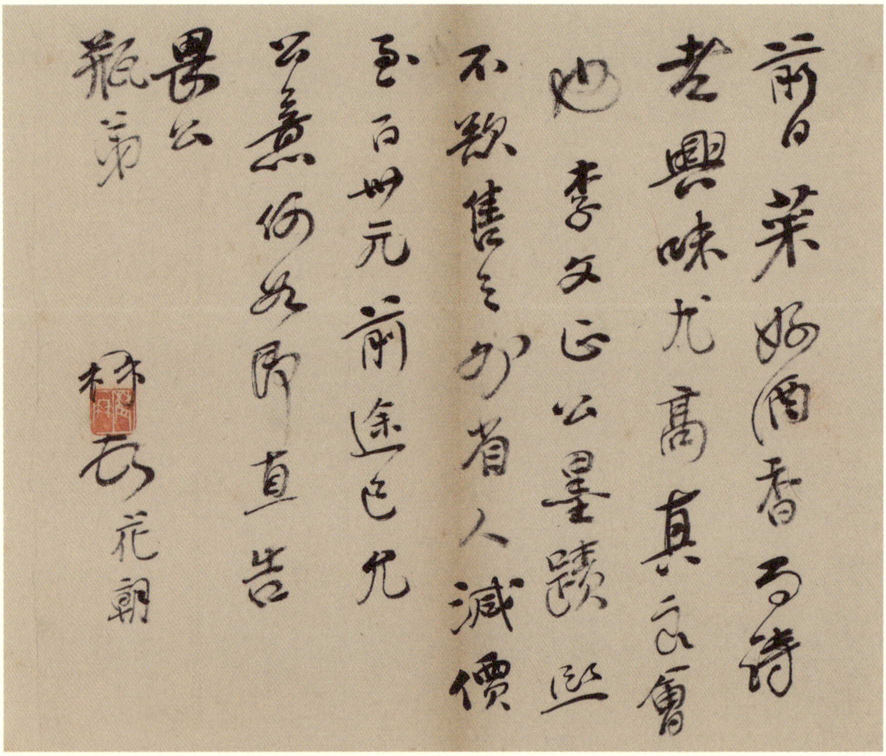
前日菜好酒香，而詩老興味尤高，真正會心也。李文正公墨蹟，近不歡售之妙，有人減價至百卅元，前途已允，不意何如，即直告。
畏公
瓶弟
[illegible] 花朝

第六通　致譚延闓、譚澤闓書　一九二一年

前日菜好酒香，而詩老[一]興味尤高，真良會也。李文正[二]公墨蹟，熙不欲售之外省人，減價至百卌元，前途已允。公意何如？即直告。

畏公、瓶弟

髯頓首　花朝

鈐印：農髯（白文）

[一] 詩老，即何維樸（一八四二—一九二二），字詩孫，晚號盤止，室名頣素齋、盤梓山房。湖南道縣人。何紹基之孫。近代著名書畫家。曾任上海浚浦局總辦。晚年寓滬上，鬻書畫自給。好藏古印，有《頣素齋印存》六卷傳世。

[二] 李文正，即李東陽（一四四七—一五一六），字賓之，號西涯，謚文正。湖南茶陵人。明中期著名的詩人、書法家、政治家。天順八年（一四六四）進士，供職翰林院三十年。官至吏部尚書、華蓋殿大學士。著有《懷麓堂集》《懷麓堂詩話》等。

明日十二鏡有大
吃否如无他局
請過我吃衡州
爛肉并代約俞公
電架瓶萬呂子何
如
元畏道友稼叔
汪九爺
安公 未答 初十燭下

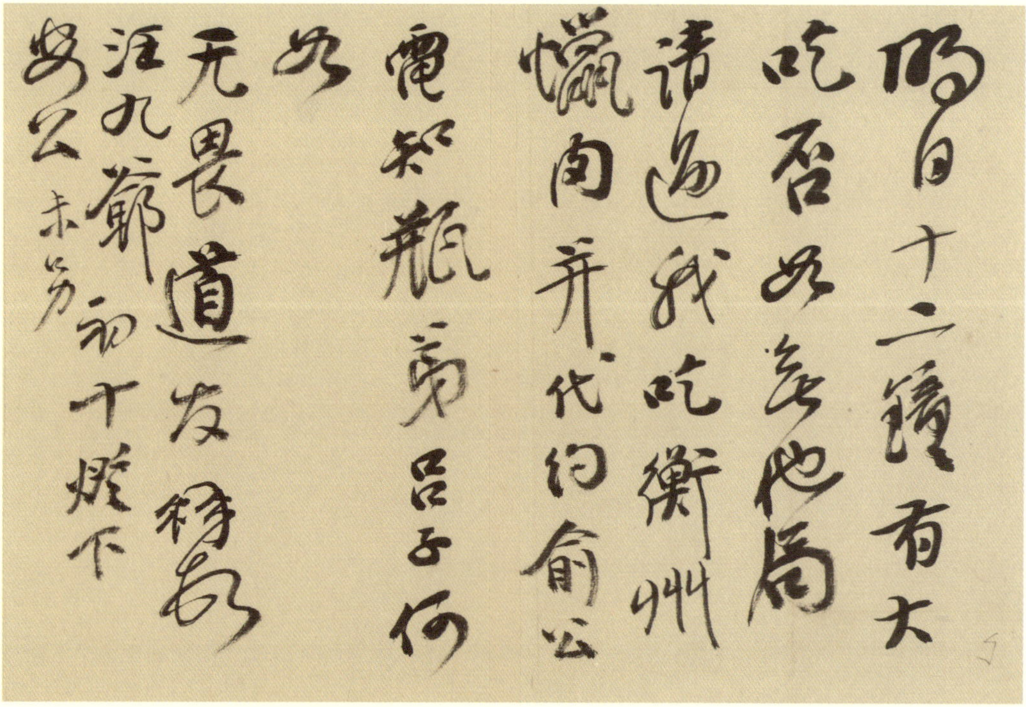

第七通　致譚延闓書　一九二一年

明日十二鐘有大吃否？如無他局，請過我吃衡州臘肉，并代約俞公[一]，電知瓶弟、呂子[二]何如？

無畏道友

髯頓首　初十燈下

汪九爺、安公未另。

[一] 俞公，即俞壽璋，生卒年不詳，字琢吾，浙江上虞人。光緒十九年（一八九三）舉人。曾任衡陽道尹，山東省財政廳廳長等。晚年定居滬上，與曾熙、譚延闓、余肇康等交往甚密。工書，喜作詩，刊有《漢嘗孳室詩鈔》八卷。

[二] 呂子，即呂苾籌。

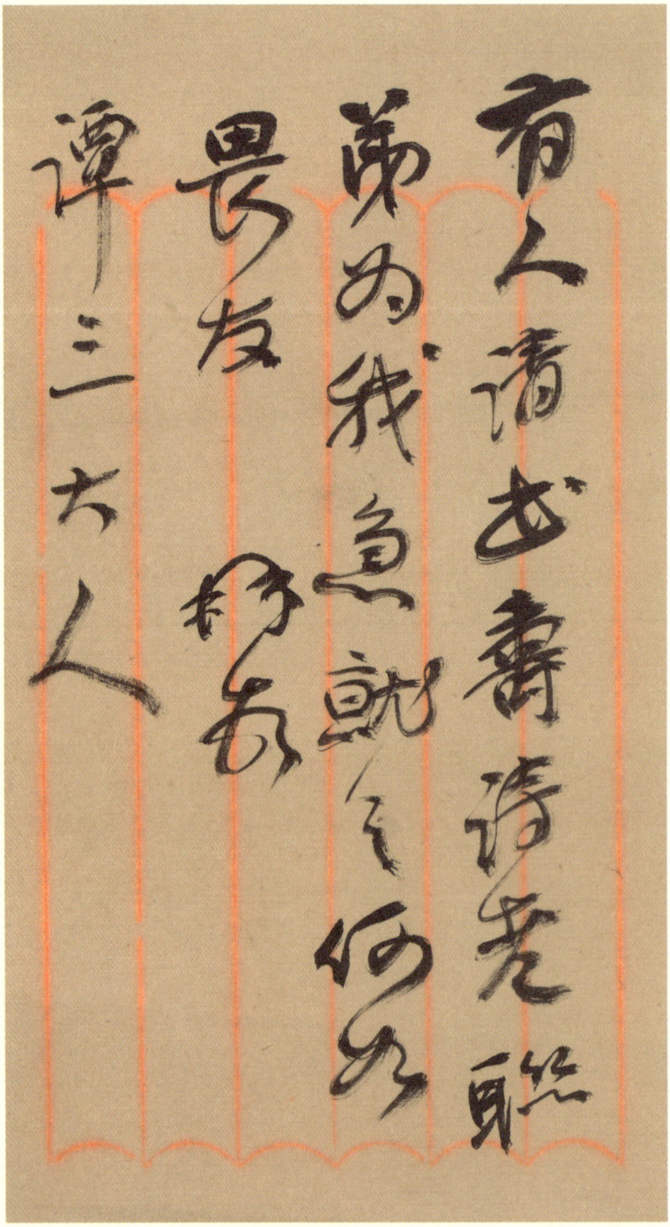
有人請書壽詩，先照
兼為我急就之，何如
畏友 嗣同
譚三大人

第八通　致譚延闓書　一九二一年

有人請書壽詩老聯，弟爲我急就之何如？

畏友

髯頓首

譚三大人

雲脚尚有少許又
長安牛肉及家齊
乞
汪九俞佐蒲酒
壽眠觀志謝々
畏名秤氣張丞

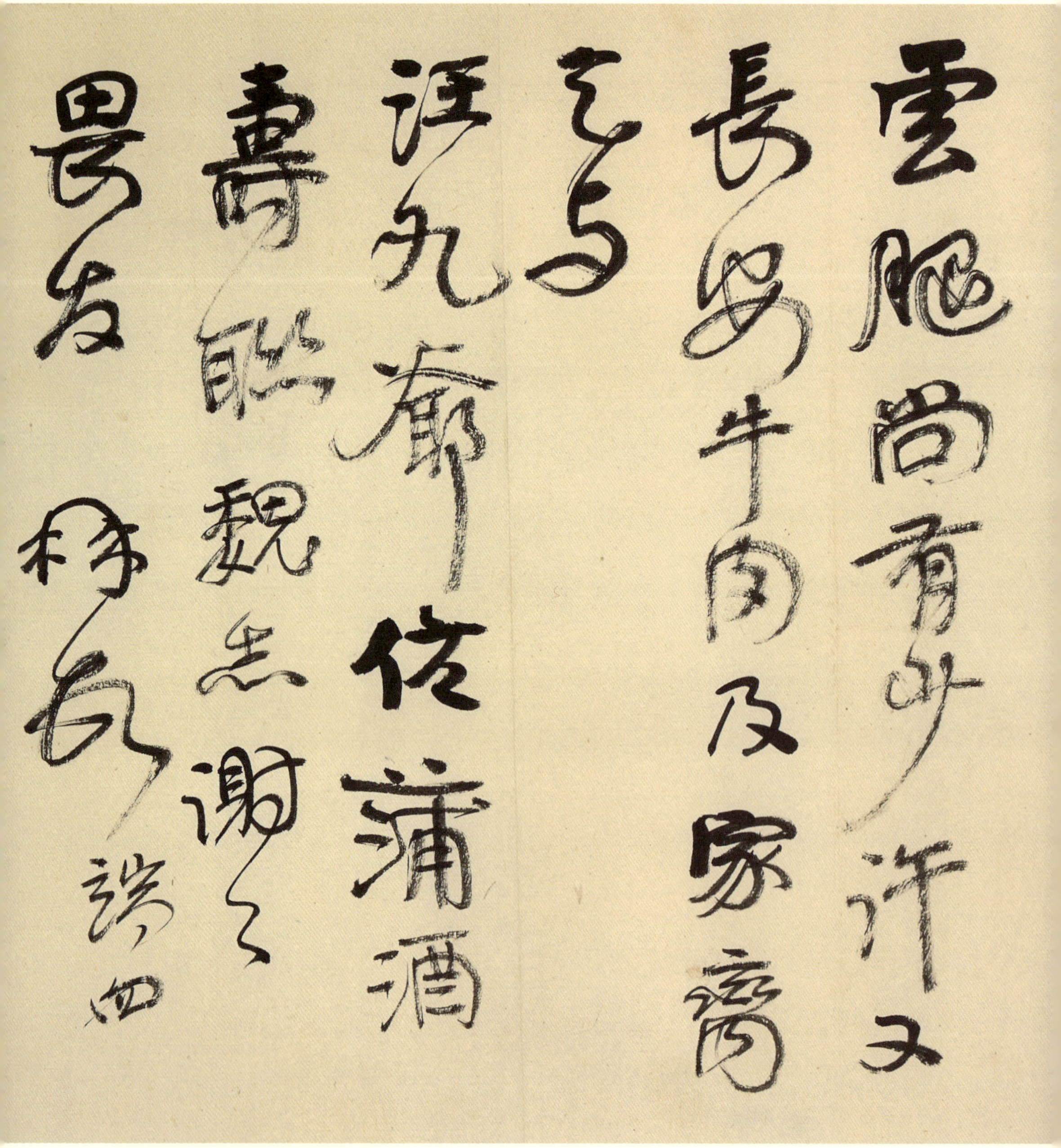

第九通 致譚延闓書 一九二一年

雲腿尚有少許，又長安牛肉及家䊤，乞與汪九爺佐蒲酒。壽聯、《魏志》，謝謝！

畏友

髯頓首 端四

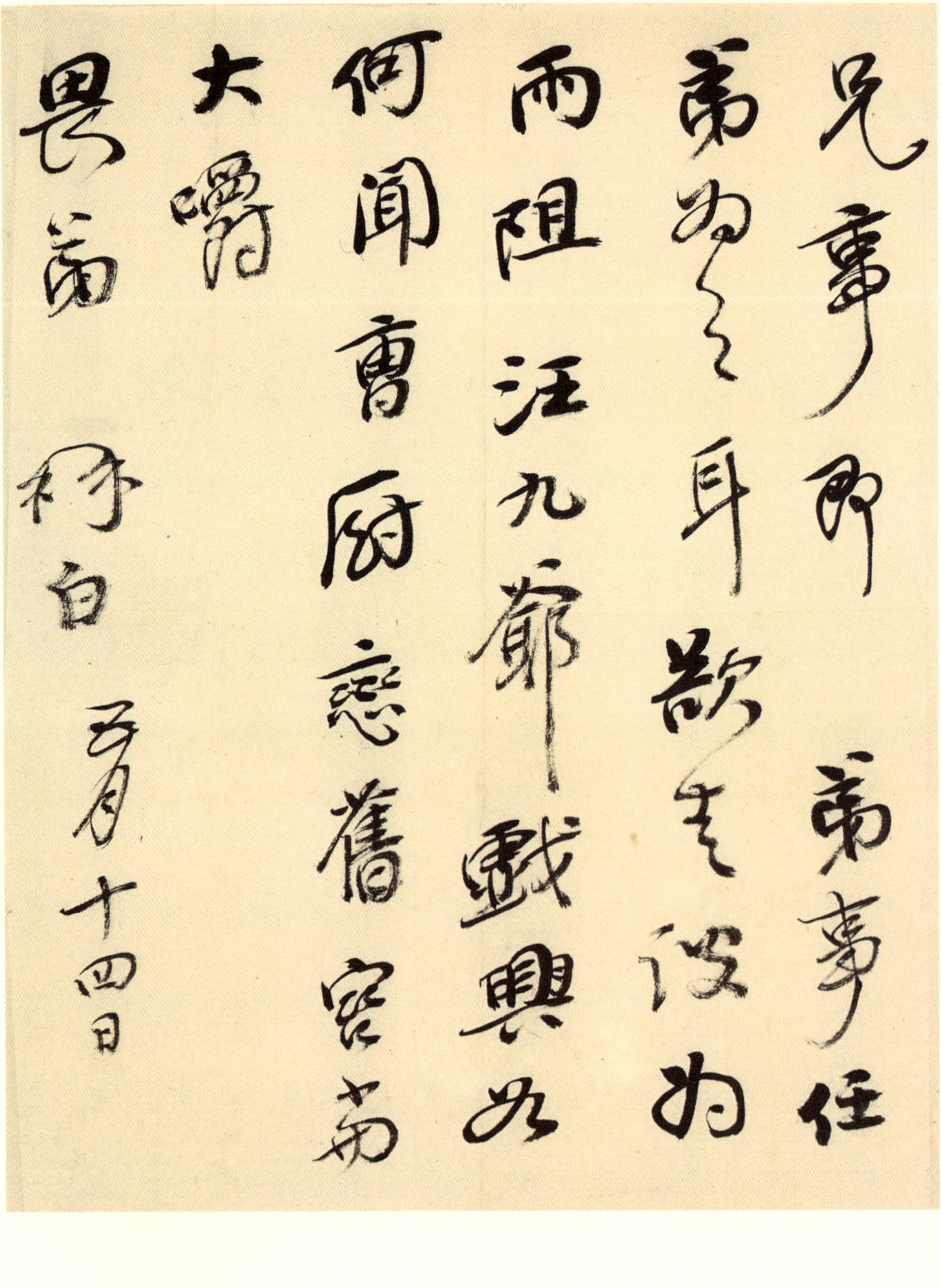

兄事即　弟事任

弟為之耳欲去設為

雨阻汪九鄰戲興如

何聞曹廚戀舊寄弟

大嚼

愚弟　杼白

五月十四日

第十通　致譚延闓書　一九二一年

兄事即弟事，任弟爲之耳。欲走談，爲雨阻。汪九爺戲興如何？聞曹厨[一]戀舊，容當大嚼。

畏弟

髯白　五月十四日

[一]曹厨，即曹藎臣，生卒年不詳，行四，世稱曹四。湖南長沙東鄉人。一九一五年十月由王三推薦入譚延闓家治庖，直至譚延闓逝世。在譚府的十多年間，精擘烹飪之術，漸形成「譚家菜」之譽，名滿海内。

滬州旅館在靜安寺
路遇袁樹珊弟東
回經明日何時有暇乞
告書先請弟處照白

舅甘西姚下

專云

第十一通　致譚延闓書　一九二一年

滄州旅館在靜安寺路，過遠，擬附弟車同往。明日何時有暇，乞告，當先詣弟處。

畏公

熙頓首　五月廿四燈下

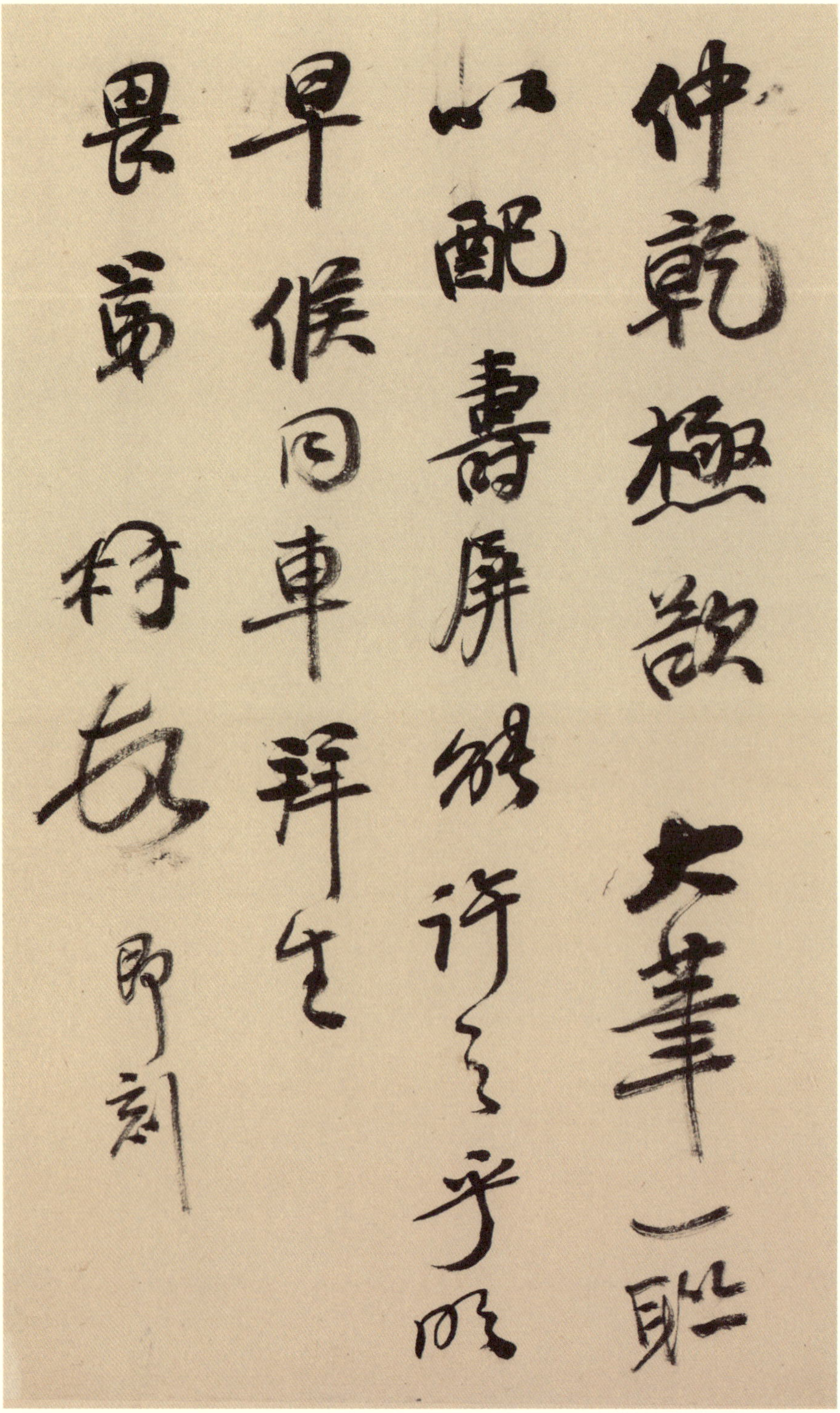

仲乾極欲大筆一聯
以配壽屏，倘許之乎？明
早候同車拜生
畏齋　將友
即刻

第十二通　致譚延闓書　一九二一年

仲乾[一]極欲大筆一聯，以配壽屏，能許之乎？明早候同車拜生。

畏弟　髯頓首　即刻

[一]仲乾，即李健（一八八二—一九五六），字子建，號仲乾，自號鶴然居士，齋名時惕廬。江西臨川人，生於湖南，李瑞清之猶子。畢業於兩江優級師範學堂圖畫手工科。一九二〇年移居上海，以鬻書畫設帳自給。曾任檳榔嶼師範學校校長，上海美專、暨南大學教授。一九五三年入上海市文史館。一九五六年受聘爲上海畫院畫師。撰有《金石篆刻研究》、《中國書法史》二十卷、《書通》等。著名的弟子有戴堯天、魏樂唐、方聞、楊之光等。

誠兄來作云昇午
極有三人弟電託魯
訊安可為此改教
然肉窓不正類也都上一
稿然為可己箋名
叟下日來

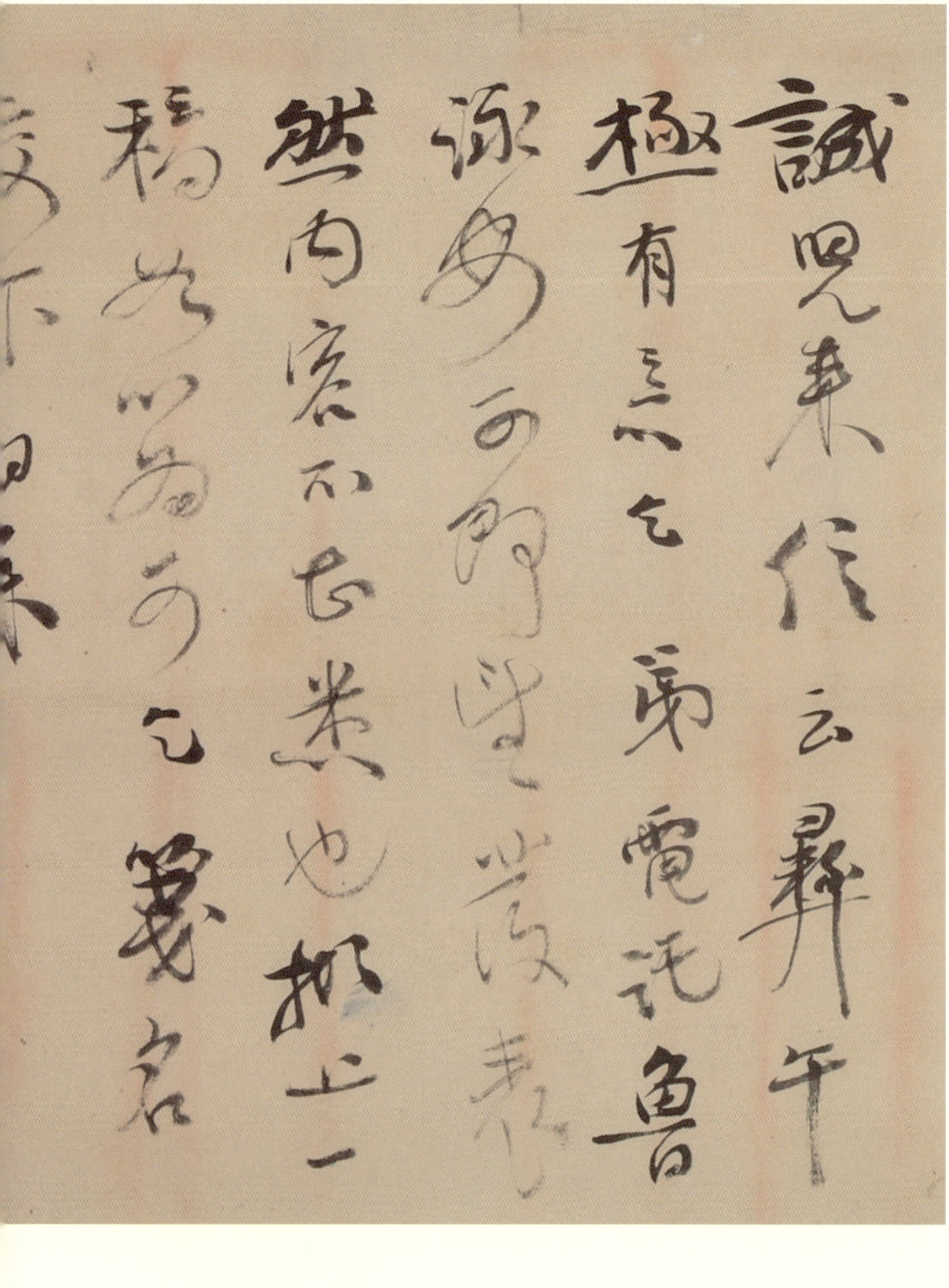

尊翰……何命之，電稿頃改易字必將三弟細心有十一電稿之校改尤乞即請署名稿後交敬兒即送去明日面談

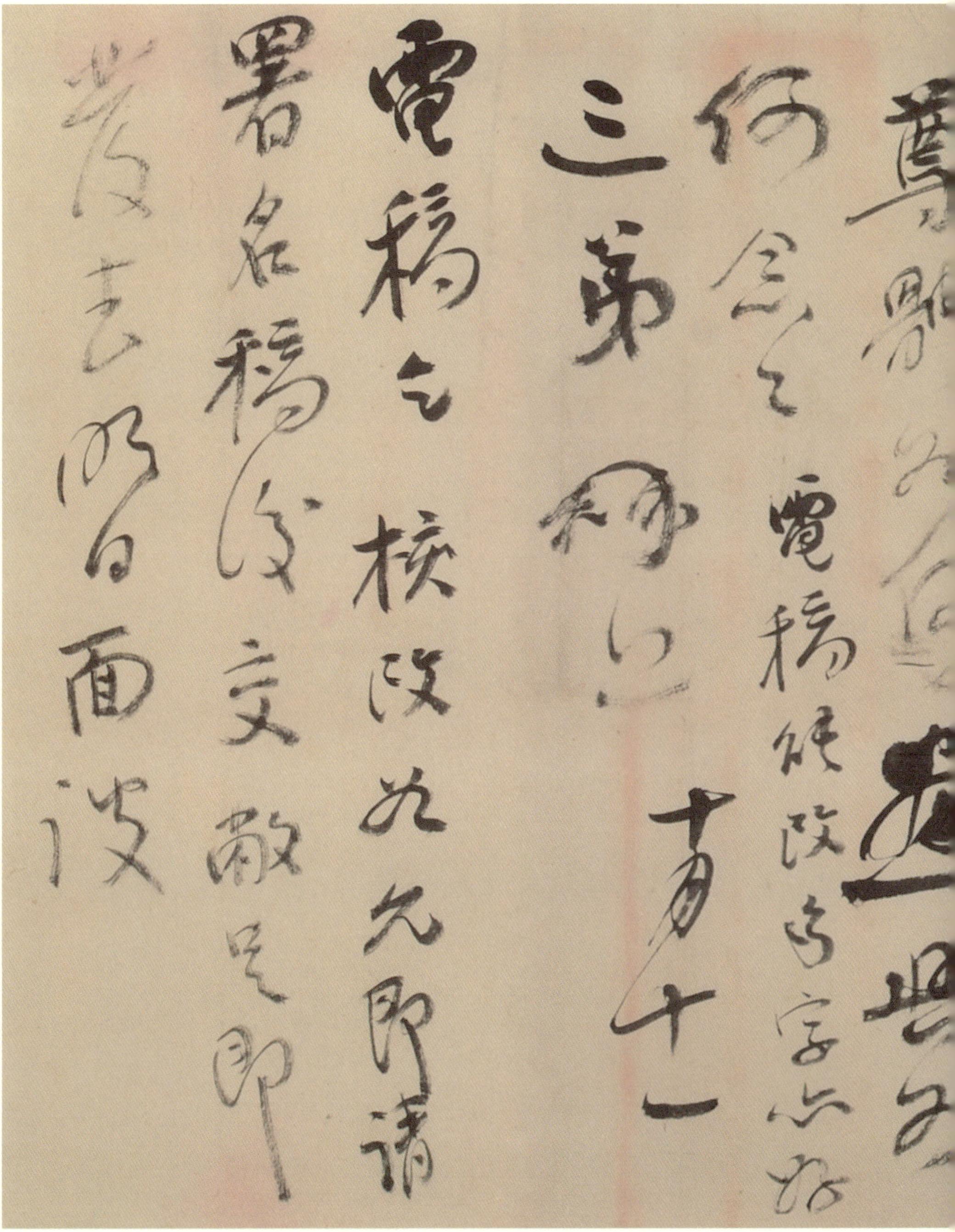

第十三通　致譚延闓書　一九二一年

誠兒[一]來信，云彝午[二]極有意，乞弟電託魯詠安[三]，可即望發表，然内容不甚悉也。擬上一稿，如以爲可，乞簽名交下。日來尊體如何？畫興如何？念念。電稿能改多字亦好。

三弟

電稿乞校改，如允即請署名稿後，交敝足即發去。明日面談。

髯上　十月十一

[一]誠兒，即曾憲璵（一八八七—一九五九），字伯藩，號芹生、任尹，册名炳緯，更名摯，行一。曾熙長子。畢業於江南法政學校，留學日本，就讀於早稻田大學法律系。歸國後任湖南省瀏陽高等法院院長、湖北黄岡地方法院院長。

[二]彝午，即趙恒惕（一八七八—一九七一），字夷午、彝午、炎午，晚號鐘石老人，湖南衡山人。一八八八年，從曾熙學書。一九〇〇年，赴日留学，先後畢業於日本振武堂及陸軍士官學校第六期炮科。在日期间與黄興、宋教仁、蔡鍔等交往，因入籍同盟會。武昌起義後，歷任新軍旅長、軍長，湘軍總司令，湖南省省長，國民政府軍事委員會上將軍事參議官。晚年居臺灣，從事佛教活動，任佛教協會會長。刊有《趙資政恒惕墨跡》。

[三]魯詠安，即魯滌平（一八八七—一九三五），字詠安，湖南寧鄉人。國民黨高級將領。曾任湖南省主席、江西省主席、國民政府軍事參議院副院長。

「農髯」

尺寸　1.8釐米方印

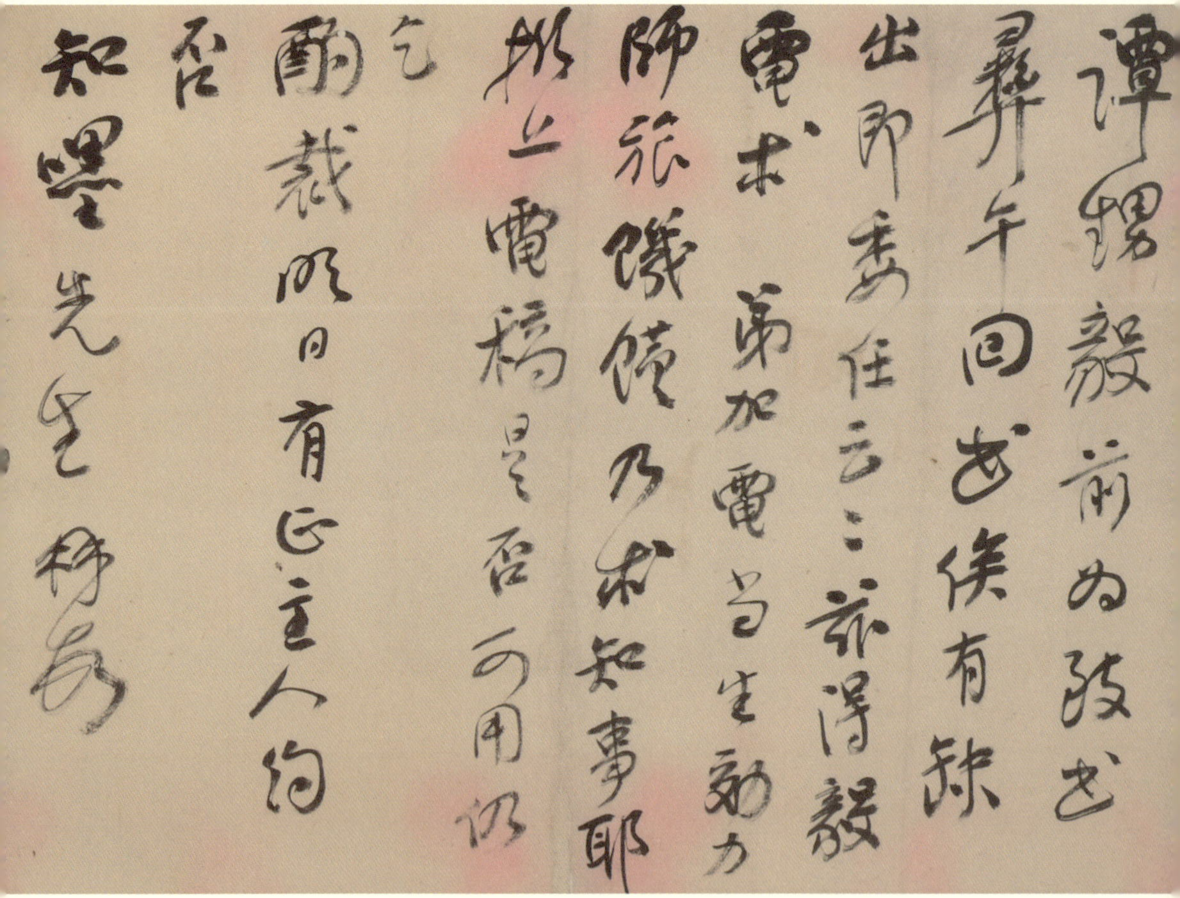
譚璟毅前為改也
昇午回去候有錄
出即委任云云 該得毅
電來 弟加電為生動力
師旅餉餽乃來知事耶
批交電稿是否可用似
乞
酌裁 此日有正主人約
否
知照 先生 組安

第十四通　致譚延闓書　一九二一年

譚甥毅前爲致書彝午，回書俟有缺出即委任云云。茲得毅電，求弟加電，當生效力。師旅饑饉，乃求知事耶？擬上電稿是否可用，仍乞酌裁。明日有正主人約否？

知默先生

髯頓首　即日

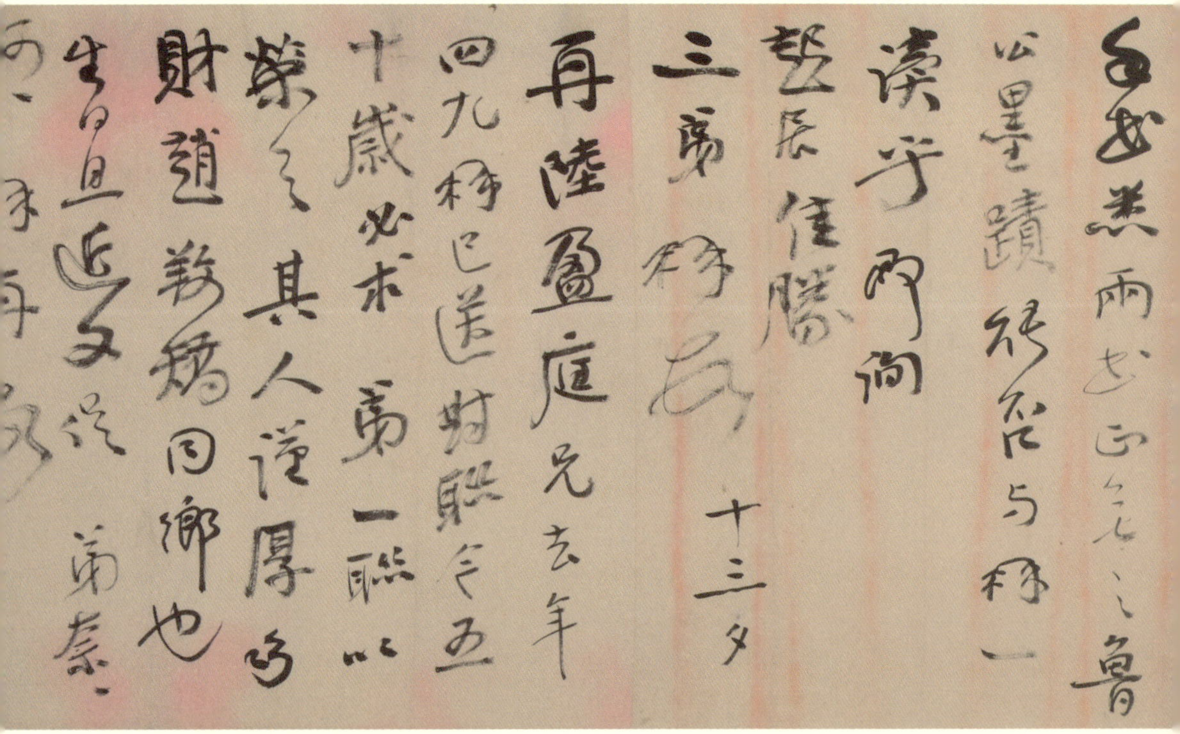
手悉兩函，正之之魯
公墨蹟，能否与弟一
讀乎？所詢
望辰佳勝
三弟梓頓　十三夕
再，陸蘆庭兄去年
四九，弟已送對聯，今五
十歲，必求弟一聯以
榮之。其人謹厚，好
財，頗樂為同鄉也。
生日且近矣，從　弟棻

第十五通　致譚延闓書　一九二一年

手書悉，兩書正無之。魯公[一]墨蹟能否與髯一讀乎？即詢起居佳勝。

三弟

髯頓首　十三夕

再，陸盈庭兄去年四九，髯已送對聯。今五十歲，必求弟一聯以榮之。其人謹厚多財，趙敉矯同鄉也。生日且近，又促弟，奈何奈何！

髯再頓首

[一]魯公，即顔真卿（七〇九—七八四），字清臣。京兆萬年（今陝西西安）人，祖籍琅琊臨沂（今山東臨沂）。唐玄宗開元二十二年（七三四）進士。歷任平原太守、憲部尚書、吏部尚書、太子太師，封魯郡開國公，故又有「顔平原」「顔魯公」之稱。其書法飽滿充盈，樸拙雄渾，頗具盛唐气象，世稱「顔體」。《爭座位帖》是其行書代表作之一，與王羲之《蘭亭序》有「雙璧」之譽。

向來囑之尊人墓碑
已　弟書箋亦一条

清故萬州牧向君之墓誌
為高長也

請署尊名
樗右　廿二
書成請以郵花寄震西書局
更快以本月出板也

第十六通　致譚延闓書　一九二一年

向樂翁[一]之尊人墓誌，乞弟書箋子一條：「清故萬州牧向君之墓誌」（尚可長也）。請署尊名。

髯頓首　廿二

書成，請以郵花寄震亞書局更快，以本月出板也。

［一］向樂翁，即向燊（一八六四—一九二八），字樂穀，晚號抱蜀子，湖南衡山人。近代著名收藏家、書畫家。王闓運門生。畢業於日本弘文學院。歸國後任衡州府中學堂、南路實業學堂監督。一九〇九年湖南省諮議局成立，被選爲議員。以資爲道員，候補甘肅。辛亥时起義于秦州（今甘肅天水），爲副都督。後任湖南湘江道尹兼財政廳廳長，一九一八年棄官移居滬上，以鬻書畫爲業。譚延闓撰有《衡山向樂穀墓誌銘》。

又余奐爲之夫人向樂爲詢有屏

量刻印章並一一爲

紙否入石乞告

向碑式樣係

拜臘版向糊塗

誤告爲墓

誌仍乞兩再式之

畏公　拜手　廿五

清故萬州牧向君墓碑

曾經式題

第十七通　致譚延闓書　一九二一年

童刻印章送上。前爲向碑書箋條，誤告爲墓誌（髯腦版向糊塗），仍乞弟再書之。

畏公

髯頓首　廿五

「清故萬州牧向君墓碑[一]　曾熙書　□□題」

又，余堯翁[二]之夫人，向樂翁詢有屏分可入否，乞告。

[一]《清故萬州牧向君墓碑》，即向燊父亲之墓碑。王闓運撰文，曾熙書并篆額，譚延闓題簽，一九二一年震亞書局出版。

[二]余堯翁，即余肇康。

前日承
大駕未賀連日竟病也 寒熱往来令日少
愈不即受賀耶弟
四月已面交之 萬憂欸
乞告有二百元渠兩日言
赴南京矣潭煬初同
回首并告
知默先生
秭敬

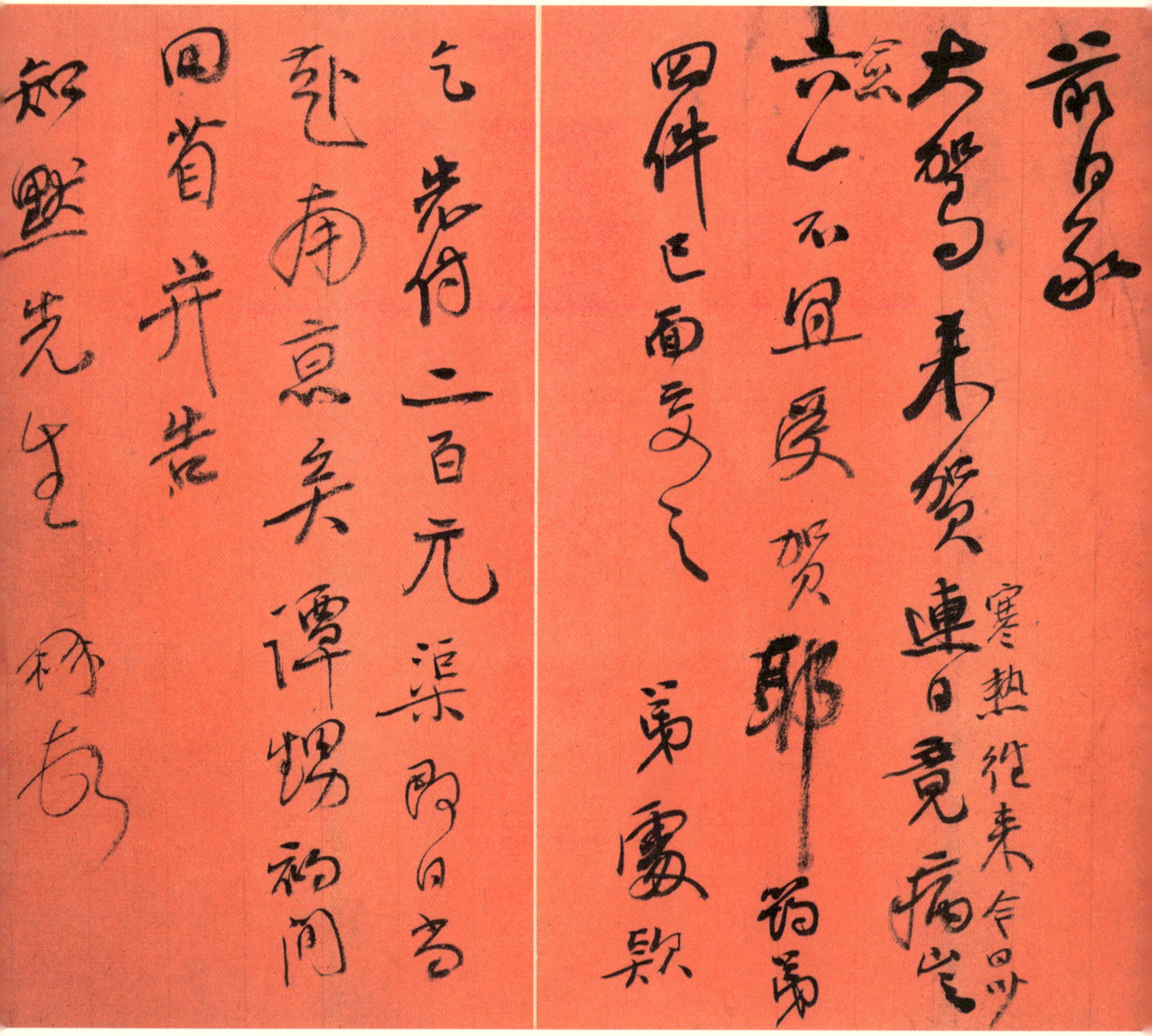

第十八通　致譚延闓書　一九二一年

前日承大駕來賀。連日竟病，豈六一不宜受賀耶？（寒熱往來，今日少愈。）筠弟[一]四件已面交之，弟處欵乞先付二百元。渠即日當赴南京矣。譚甥初間回省，并告。

知默先生

髯頓首　廿六

[一]筠弟，即李瑞奇（一八七一—約一九四一），易名瑞荃，字毓華，號筠庵，亦號衡仲，行三。江西臨川人，生於湘。李瑞清三弟。國子監生，加翰林院待詔。改廣東即補知縣，加同知銜調官湖北。誥授奉政大夫。賞戴花翎。一九二四年曾任金山縣縣長八個月。工書畫，寫花卉得乾隆諸老逸趣。精鑒賞，收藏書畫碑帖甚富。張大千稱「三老師」。晚年隱居蘇州。夫人黃湘荃（一八六八—一九五七後）亦擅書畫。

前購四史去錢百五十元後有以二百元求讓而許也但兩册回文刻價賤矣又大字本宣紙所印最佳但墨須黑方佳

三弟轉後

又聞弟有江紙何解有畫字是否已

出德

第十九通　致譚延闓書　一九二一年

前購同文[一]廿四史，去錢百五十元，後有以二百元求讓不許也。但五洲同文[二]則價賤矣。又大字本，宣紙所印最佳，但墨須黑方佳。

三弟

髯復

又，筠弟有紅紙何[三]聯，有圍字是否已出售？

[一] 同文，即同文書局，一八八二年由徐鴻復、徐潤等集股創辦於上海。是中國人自辦的第一家近代石版印刷圖書出版機構。先後出版有《二十四史》《古今圖書集成》《康熙字典》等大部頭書。

[二] 五洲同文，即上海五洲同文書局。

[三] 何，即何紹基（一七九九—一八七三），字子貞，號東洲，晚號蝯叟。湖南道州（今湖南道縣）人。晚清著名詩人、金石書畫家。道光十六年（一八三六）進士，官至四川學政。著有《東洲草堂金石跋》《東洲草堂詩鈔》《東洲草堂文鈔》等。

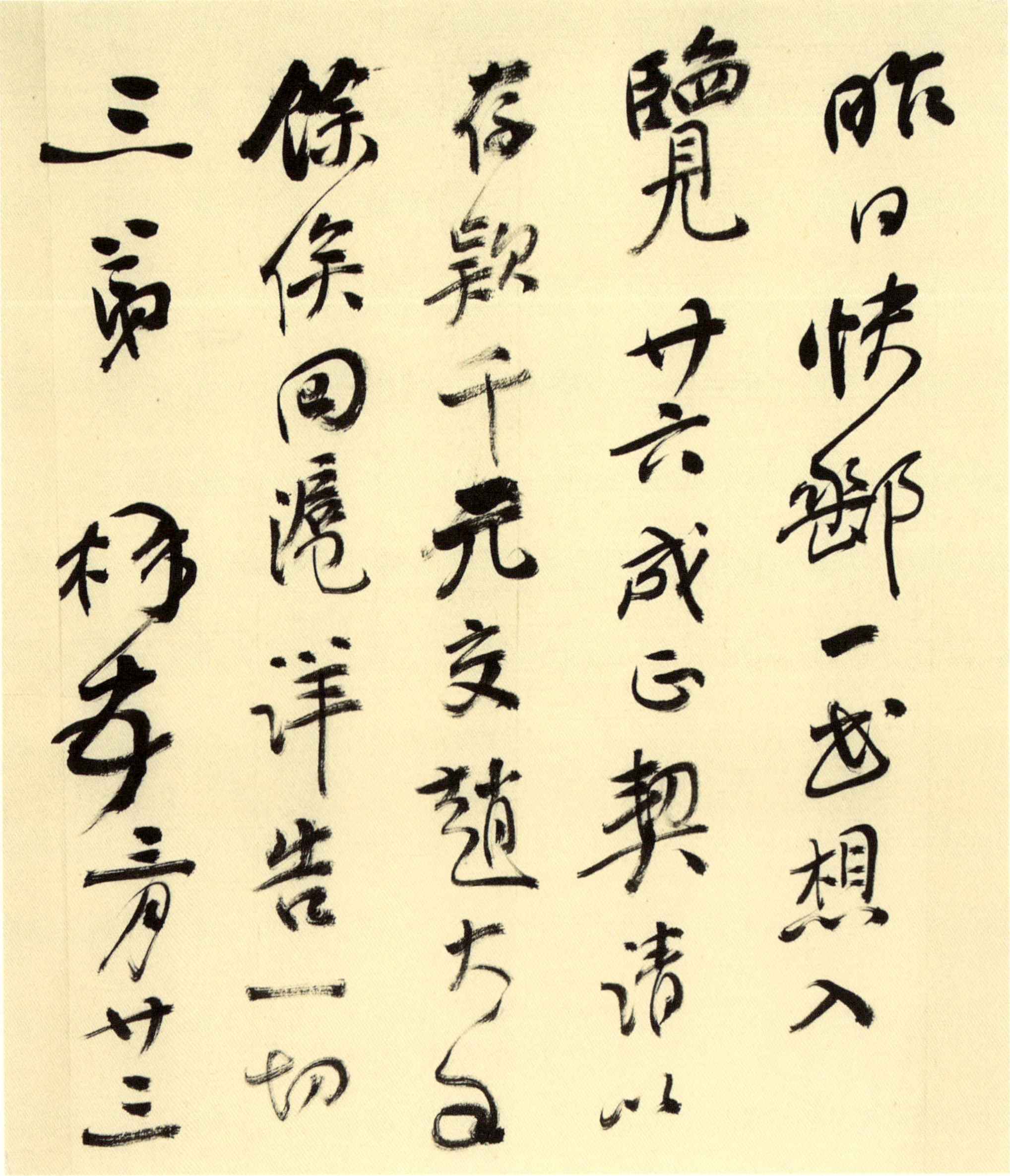

昨日快郵一函想入
覽廿六成正契請以
存款千元交趙大白
條俟回滬詳告一切
三弟　杉手　二月廿三

第二十通　致譚延闓書　一九二二年

昨日快郵一書，想入覽。廿六成正契。請以存欵千元交趙大[一]手，餘俟回滬詳告一切。

三弟

髯頓首　三月廿三

[一] 趙大，即趙志大，生卒年不詳，湖南衡陽人。曾熙在上海的管家。

趙大昕夕到山奉
手並并滙洋千元今日
令日与和尚成揩換約明日大請客
即發交貴戶矣三兒不必
宜告本地鄉耆
兩電已感 袁但近養傷
想安穩極念念
愚弟 伊啟 三月廿七

第二十一通　致譚延闓書　一九二二年

趙大昨夕到山，奉手書并匯洋千元，今日即發交賣户矣。（今日與和尚成撥换約，明日大請客，宣告本地鄉耆。）三兒[一]又承兩電，至感。袁[二]坦近養傷想安穩，極念極念。

畏弟

髯頓首　三月廿七

[一] 三兒，即曾憲璚。

[二] 袁，即袁思彥（一八九五—？），字仲頤，湖南湘潭人。畢業於浙江省法政學堂。清末兩廣總督袁樹勳第六子，譚延闓長女譚淑夫婿。曾任國民政府行政院秘書等職。

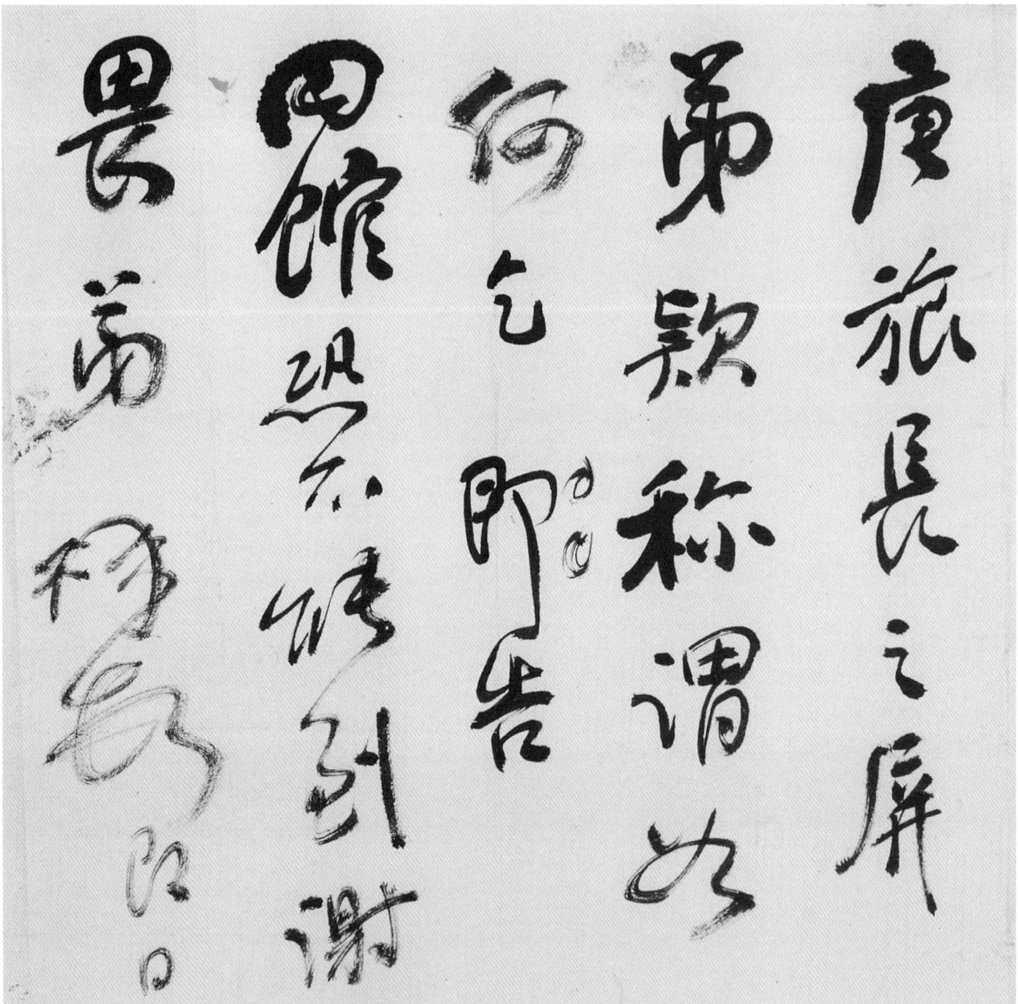
庚旅長之屏
萬歎稱謂如
何乞即告
四館恐不傳到謝謝
畏萬拜 四日

第二十二通　致譚延闓書

唐旅長之屏，弟欵稱謂如何？乞即告。回館恐不能到，謝謝。

畏弟　髯頓首　即日

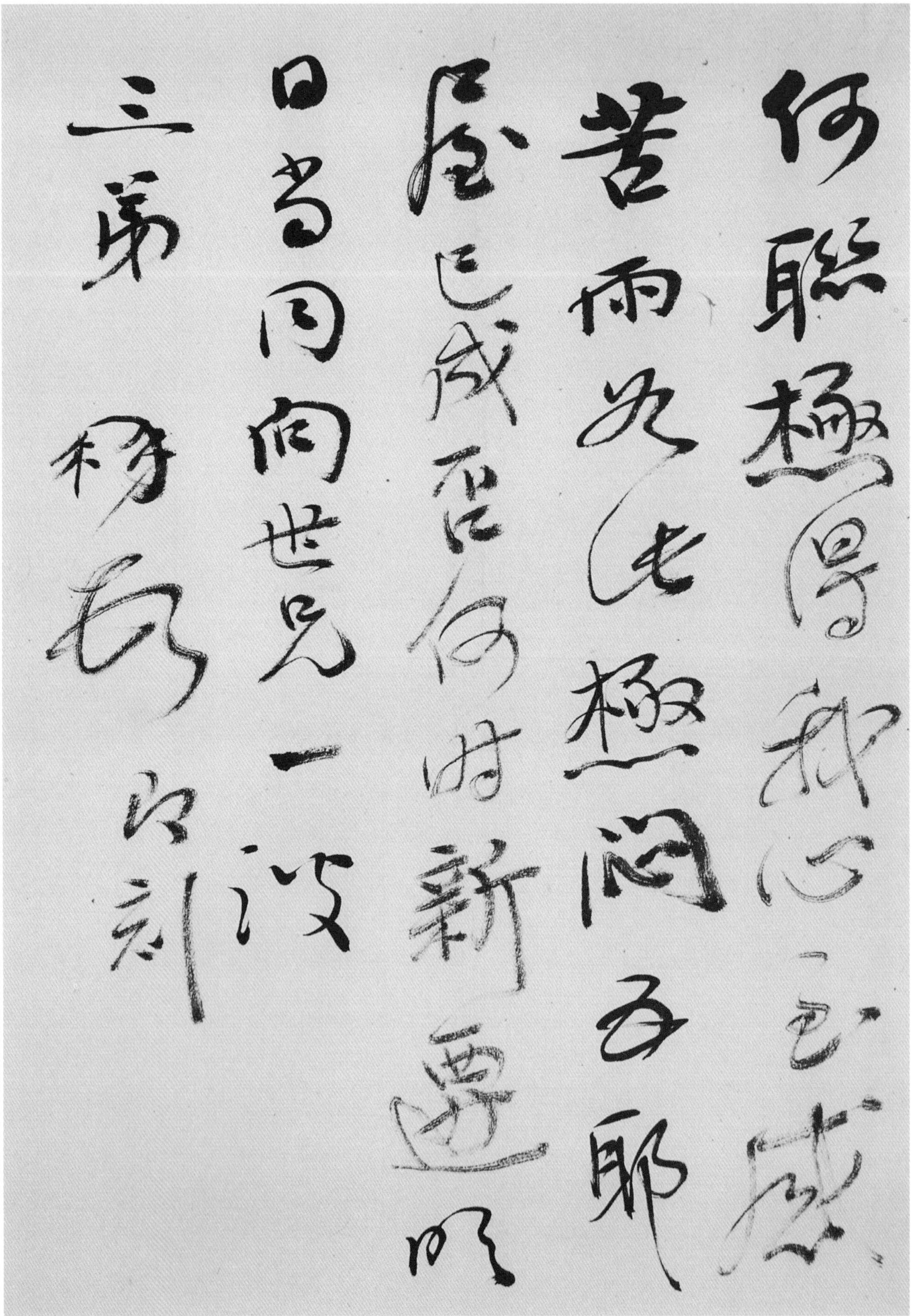

何聰極得知心已感
苦雨兄也極悶耶
屋已成否何時新遷呢
日當同向世兄一談
三弟

第二十三通　致譚延闓書　一九二二年

何[一]聯極得我心，至感。苦雨如此，極悶。五耶[二]屋已成否？何時新遷？明日當同向世兄[三]一談。

三弟

髯頓首　即刻

[一] 何，即何紹基。

[二] 五耶，即譚澤闓。

[三] 向世兄，即向燊。

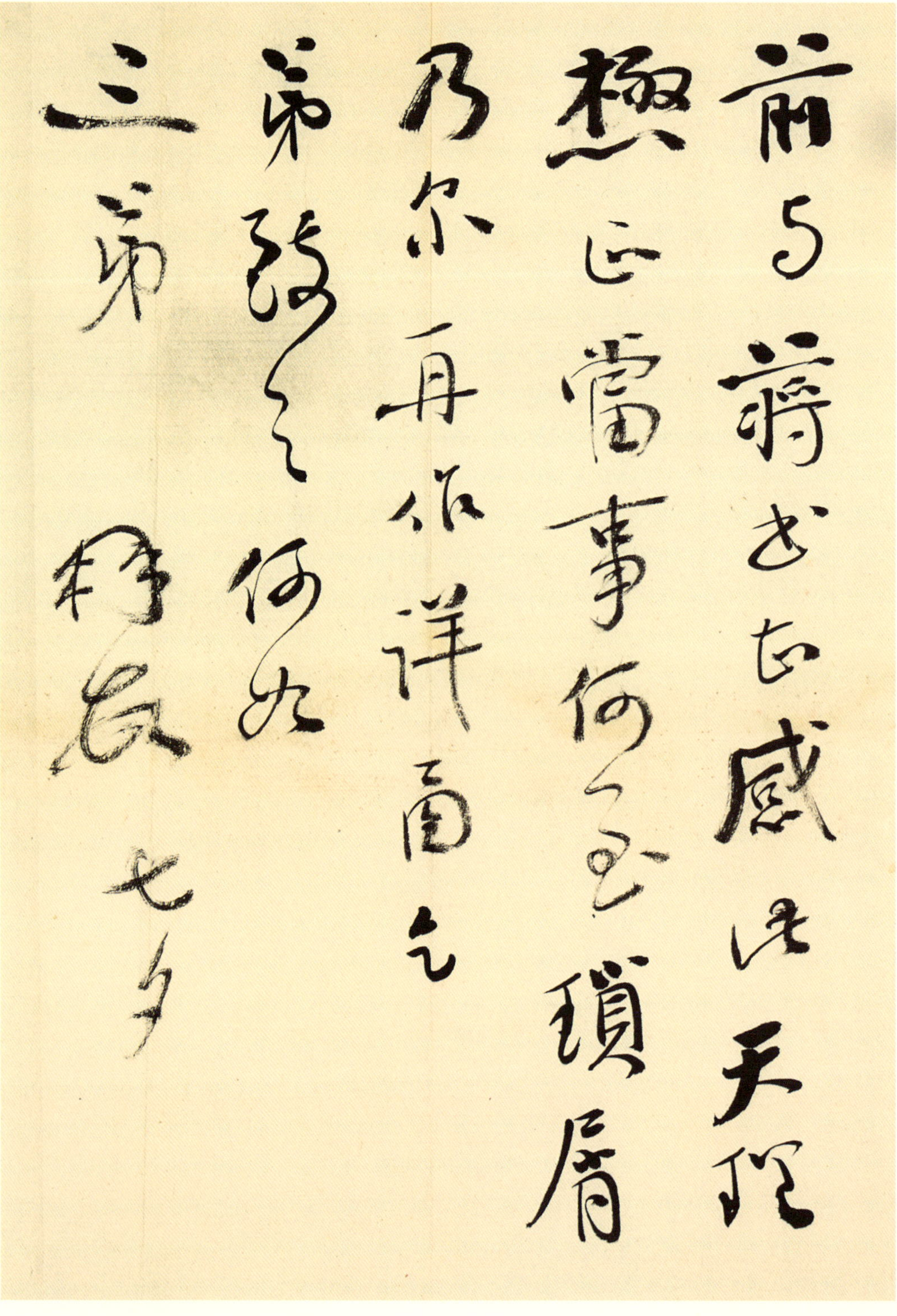

前与蒋式之感深天职
极以当事何之琐屑
乃尔再作详函也
弟谈之何如
三弟 梓民 七夕

第二十四通　致譚延闓書

前與蔣書，甚感！此天理極正當事，何至瑣屑乃爾？再作詳函，乞弟致之，何如？

三弟

髯頓首　七夕

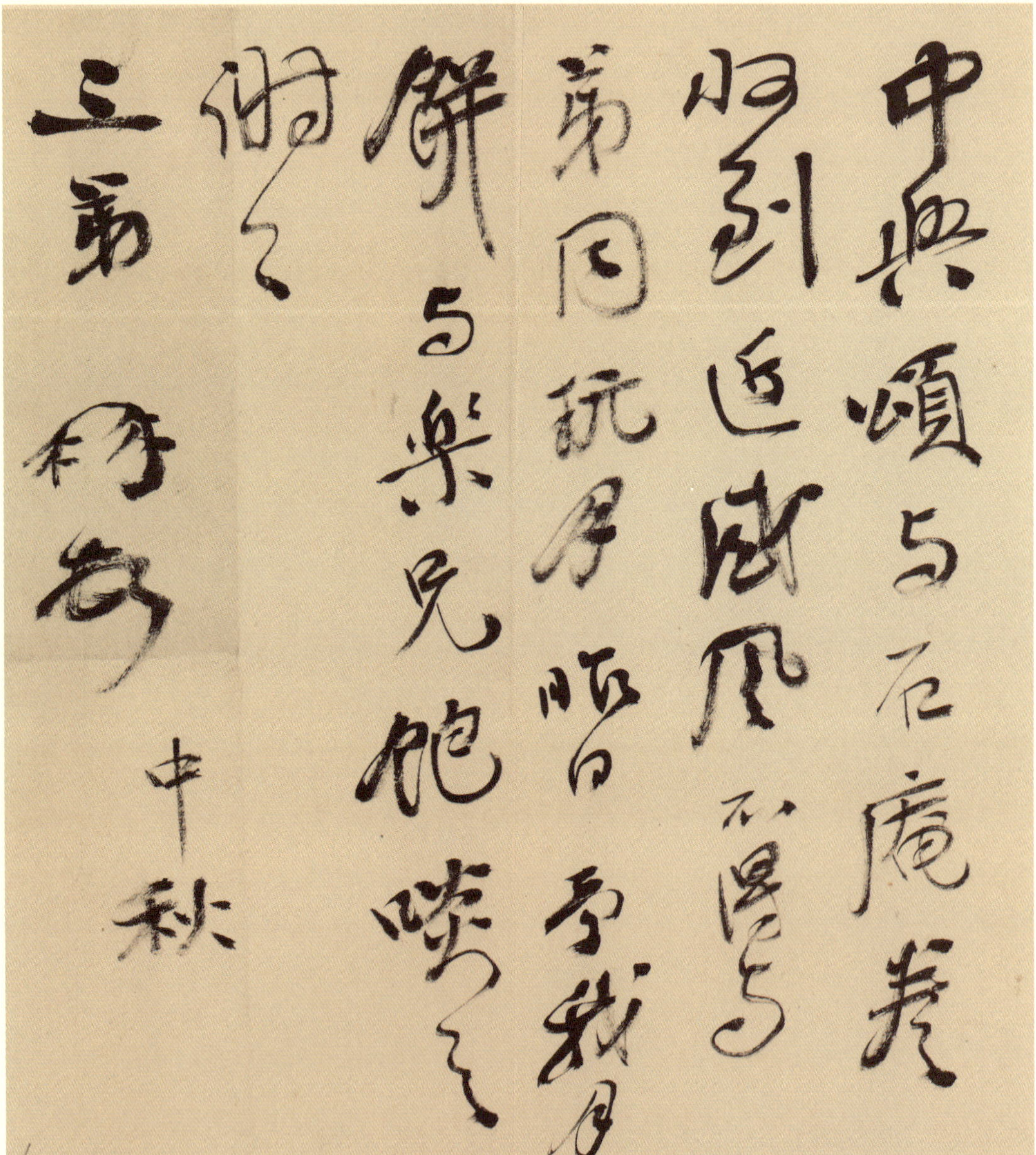

中興頌与石庵卷昨到近感風不得与弟同玩月昨日季載月餅与樂兒飽啖之附之
三弟
耕安
中秋

第二十五通　致譚延闓書　一九二二年

《中興頌》與《石庵[一]卷》收到。近感風，不得與弟同玩月。昨日予我月餅，與樂兄[二]飽啖之，謝謝。

三弟

髯頓首　中秋

[一] 石庵，即劉墉（一七一九—一八〇四），字崇如，號石庵，卒謚文清，祖籍安徽碭山，生于山東諸城。清朝著名政治家、書法家。乾隆十六年（一七五一）進士。官至體仁閣大學士。著有《石庵詩集》。

[二] 樂兄，即向燊。

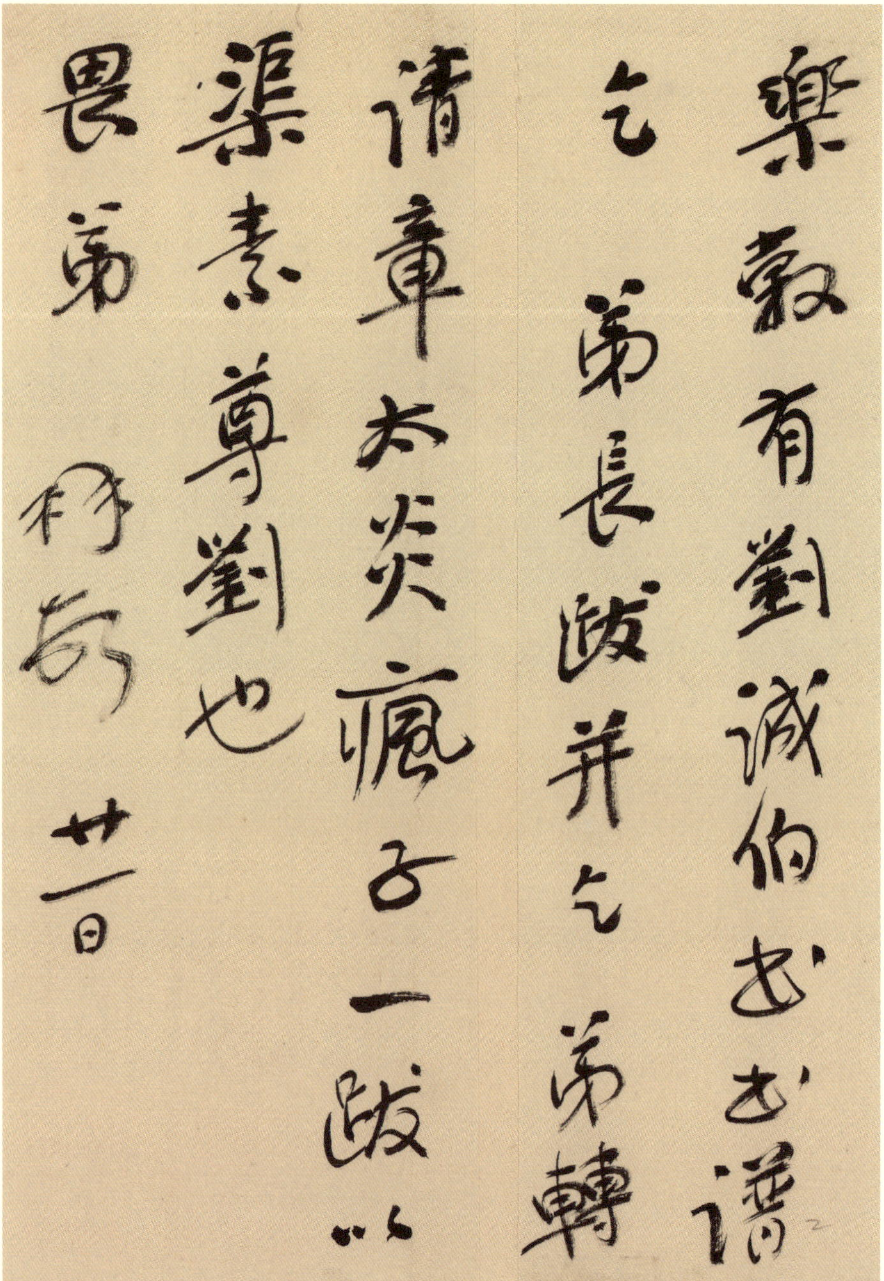
樂毅有劉誠伯也也請
乞弟長跋并乞弟轉
請章太炎瘋子一跋以
渠素尊劉也
畏弟利敬 廿一日

第二十六通　致譚延闓書

樂穀[一]有劉誠伯書《書譜》，乞弟長跋，并乞弟轉請章太炎[二]瘋子一跋，以渠素尊劉也。

畏弟

髯頓首　廿一日

[一]樂穀，即向燊。

[二]章太炎（一八六九—一九三六），初名學乘，易名炳麟，字枚叔，號太炎，浙江余杭人。近代民主革命家、思想家、著名學者。少從俞樾學經史。甲午戰爭後加入强學會，支持維新變法，後被迫流亡日本。在日入光復會、同盟會，主編《民報》。曾任總統府樞密顧問、護法軍政府秘書長。晚年在蘇州創辦國學講習會，以講學授徒鬻書爲業。著有《章氏叢書》。

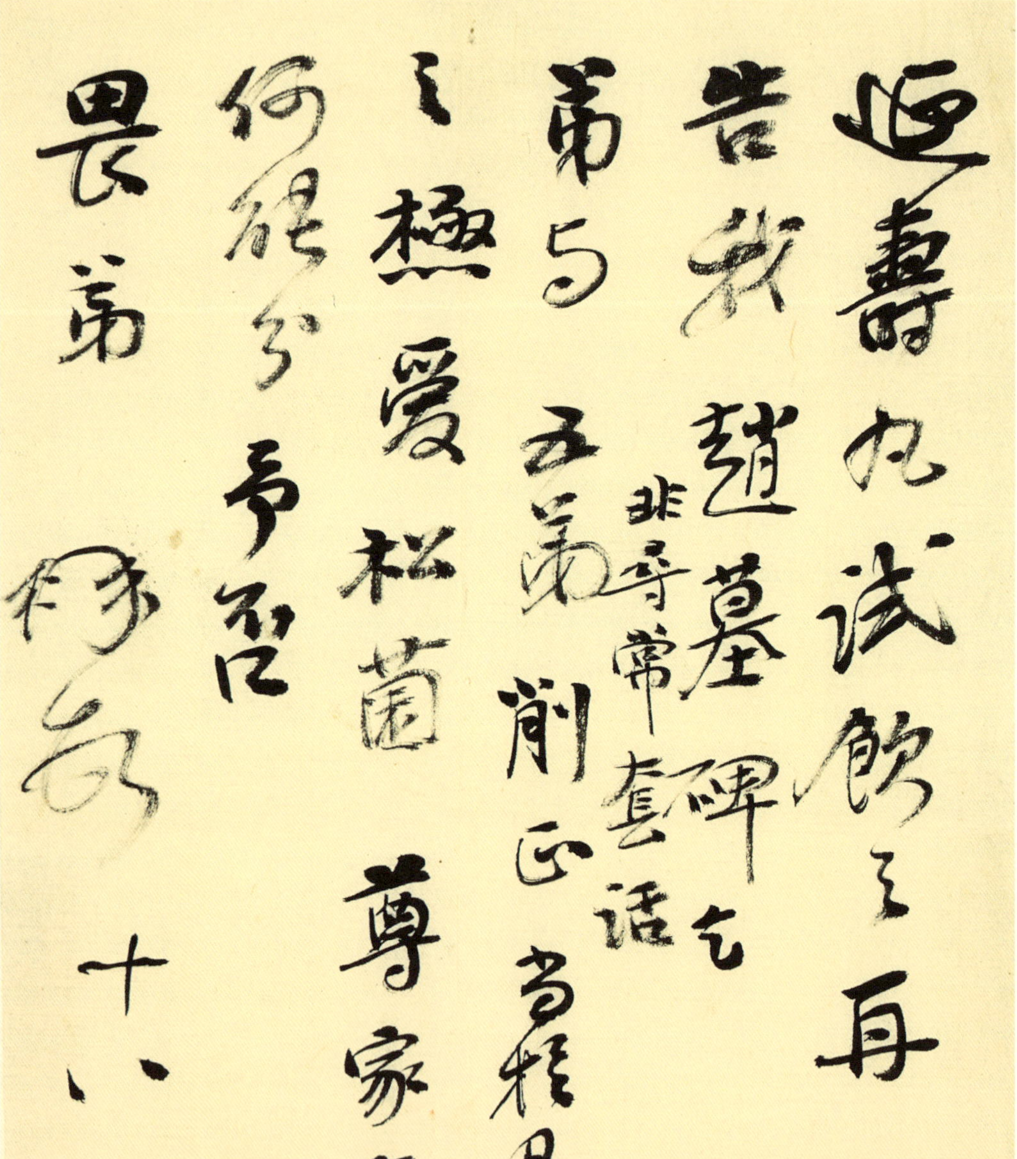
延壽丸試飲之再
告我趙墓碑乞
弟与五弟削正（非尋常套語）當程月内也
之極愛松菌尊家有幾
何能分弟否
畏弟[illegible]十八

第二十七通　致譚延闓書　一九二二年

延壽丸試飲之再告我。《趙墓碑》[一]乞弟與五弟削正（非尋常套話），當於月内書之。極愛松菌，尊家有幾何？能分予否？

畏弟　　髯頓首　十八

[一]《趙墓碑》，即《衡山趙先生墓碑》，曾熙用隸書撰書并刊印出版。趙，即趙壬匯（一八五七—一九二二），字甓庸。趙恒惕父。湖南衡山人，秀才。捐建山後育嬰堂、白山小學、岳北實業女學。

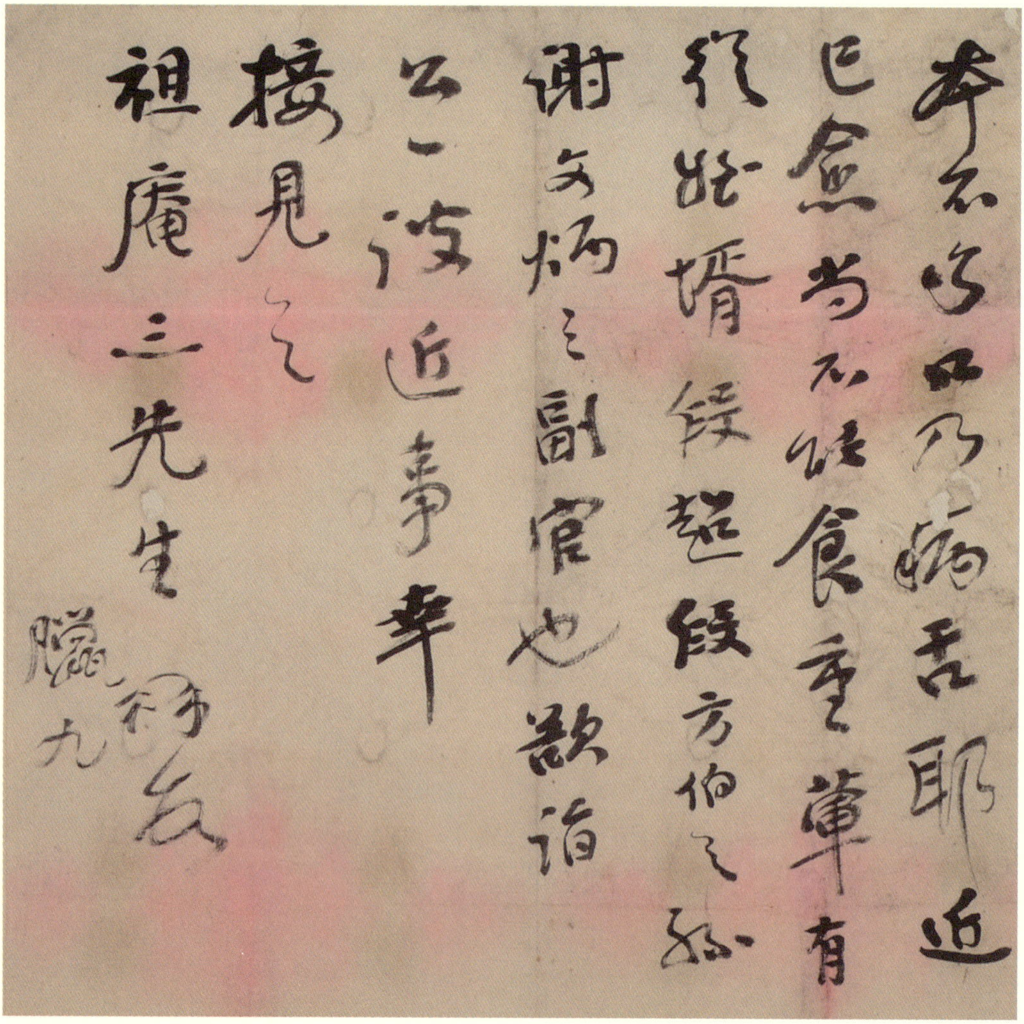
奉示悉日乃病吾耶近
日益尚不能食重華有
從此增餞超餞方伯之孫
謝女炳之副官也歎詣
公之復近事幸
接見之之
祖庵三先生
臘九 余手启

第二十八通　致譚延闓書　一九二三年

本不多口，乃病舌耶？近已愈，尚不能食重葷。有從姪壻段超，段方伯之孫、謝文炳[一]之副官也，欲詣公一談近事，幸接見之。

祖庵三先生

髯頓首　臘九

[一] 謝文炳（一八八二—一九四九），號炎煊，湖南衡陽人。早年就讀廣州講武堂，入籍中國同盟會。曾任陳炯明粤軍第三軍第五師師長，國民革命軍第四十八軍軍長。一九二七年國民政府授予陸軍中將軍銜。

靜娛室閣帖前日承看過真二愛也為庵以黃鶴山樵畫一日本人約定文欵遂將拨文詎日本人交易永成乃匹樵

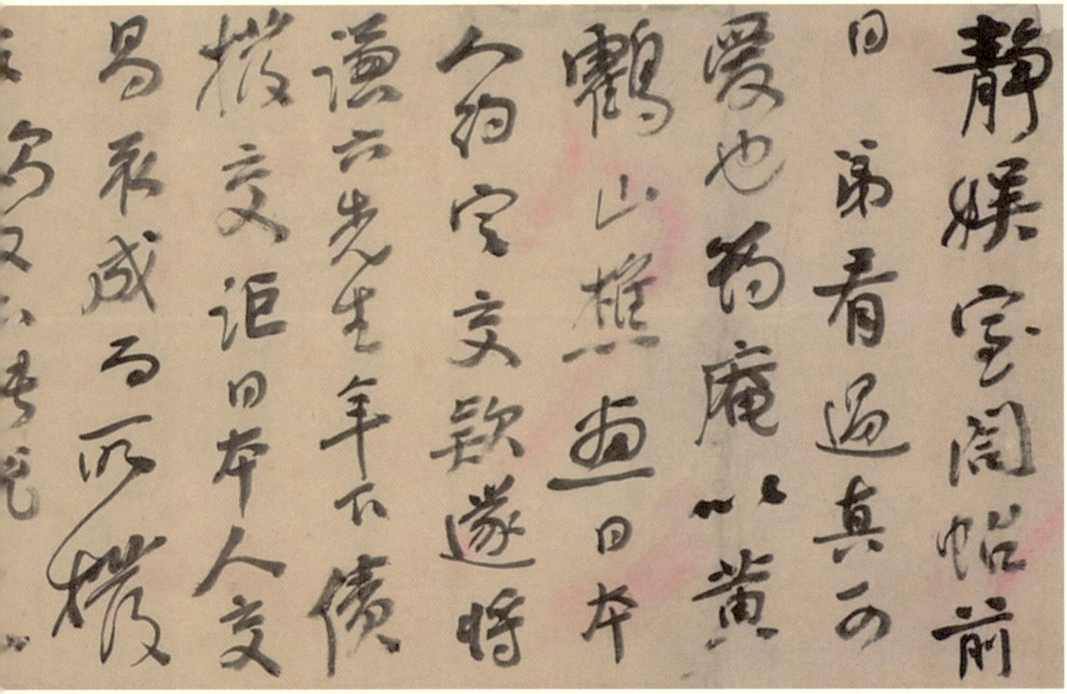

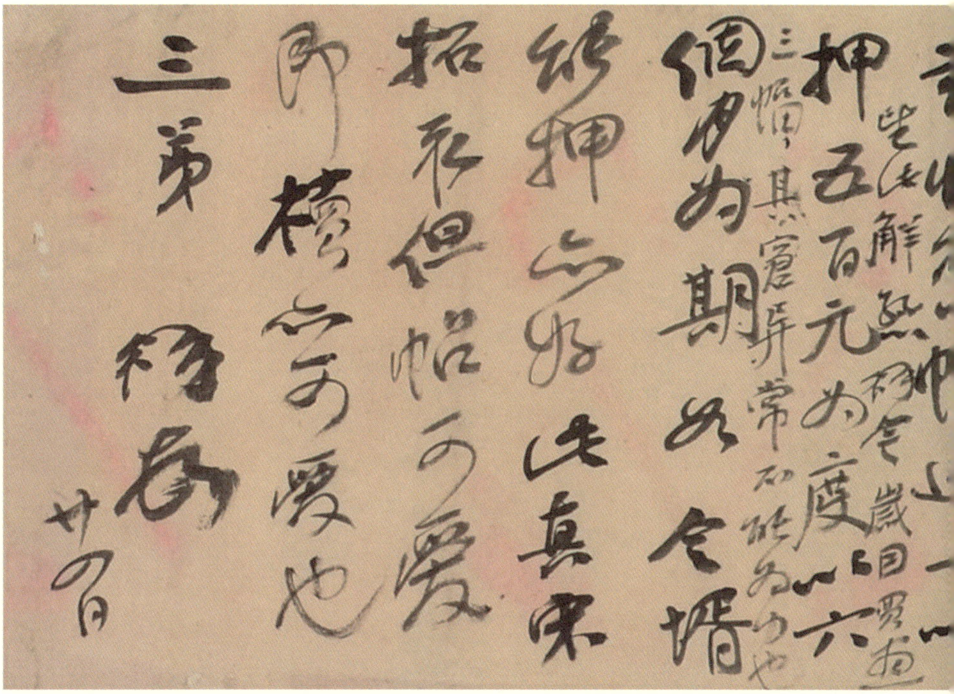

第二十九通　致譚延闓書　一九二五年

《靜娱室閣帖》[一]前日弟看過，真可愛也。筠庵[二]以黄鶴山樵[三]畫，日本人約定交欵，遂將謙六[四]先生年下債撥交，詎日本人交易不成，而所撥之欵又不能脱去。茲將原帖送上，以押五百元爲度（望此解懸。髯今歲因買畫三幅，其窘異常，不能爲力也）。以六個月爲期，如令壻[五]能押亦好。此真宋拓，不但帖可愛，即櫝亦可愛也。

三弟

髯頓首　廿四日

[一]《靜娱室閣帖》，即《淳化閣帖最善本》之六、七、八卷，今藏於上海博物馆。

[二]筠庵，即李瑞奇。

[三]黄鶴山樵，即王蒙（一三〇八—一三八五），字叔明，號黄鶴山樵，自稱香光居士。浙江吴興（今湖州）人。元

朝著名書畫家。與黄公望、吴鎮、倪瓚合稱「元四家」。存世作品有《青卞隱居圖》《葛稚川移居圖》《夏山高隱圖》等。

［四］謙六，即李謙六，生卒不詳，江西臨川人。李瑞清族人。收藏書畫碑帖甚豐。

［五］令壻，即袁思彦。

「閑居翫古不交當世」

尺寸　4.5 釐米×2.5 釐米

得书大快真可解药弟
闷(悦欣之甚)又承
賜筆吉頑可
大醫謝:
弟扇已題一
半為家瘦酒
三弟柯等
十餘日

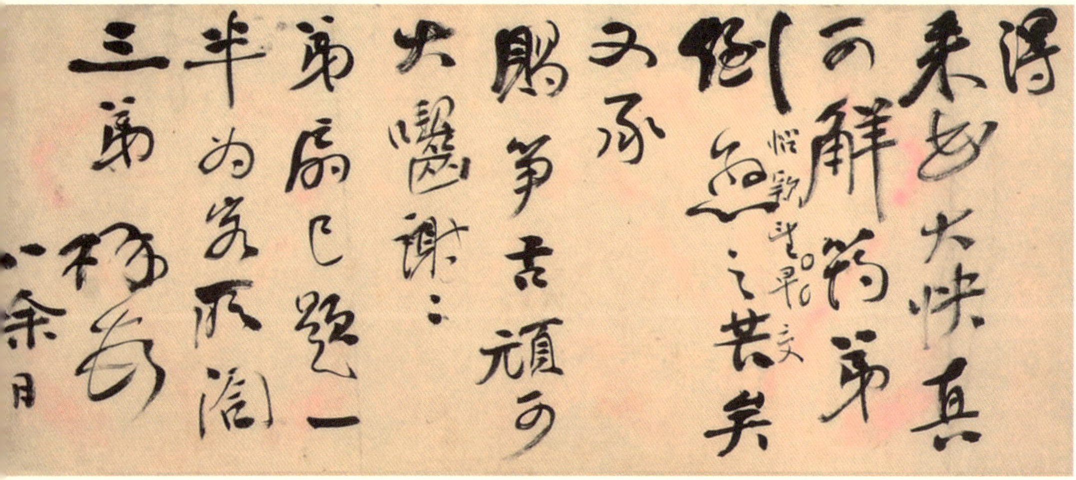

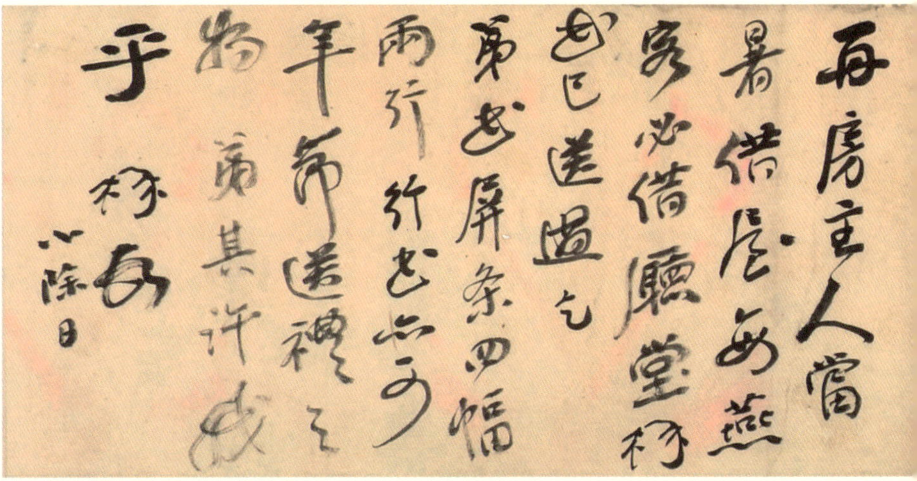

第三十通　致譚延闓書　一九二五年

得來書大快，真可解筠弟倒懸之苦矣（帖欵望早交）。又承賜笋，舌頑可大嚼，謝謝。弟扇已題一半，爲客所閣。

三弟

髯頓首　小除日

再，房主人當暑借屋，每燕客必借廳堂。髯書已送過，乞弟書屏條四幅，兩行行書亦可，年節送禮之物，弟其許我乎？

髯頓首　小除日

瓶萬云弟以南京安靖當料陀意之之筆墨即日來裝遊扇頒確速回下甬歎惟此面則湊合不成字耳筍禹与向世兄當向佛前頂禮未識古意然任兄校之祖庵三兄照弟九月一日

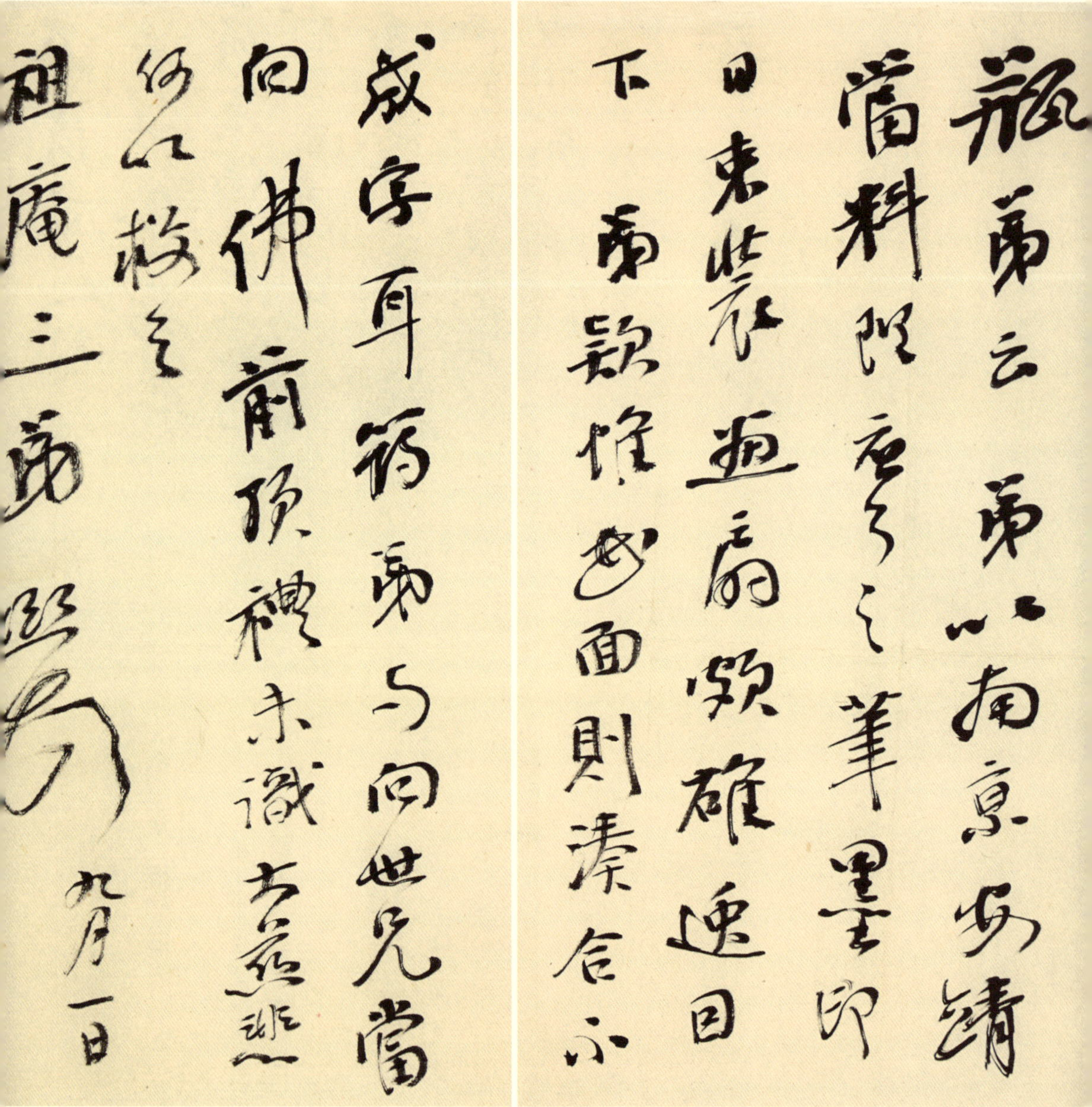

第三十一通　致譚延闓書　一九二七年

瓶弟云：弟以南京安靖，當料理應了之筆墨。即日束裝，畫扇頗雄逸，因下弟欵，惟書面則湊合不成字耳。筠弟與向世兄當向佛前頂禮，未識大慈悲何以救之。

祖庵三弟

熙頓首　九月一日

玉梅花庵工程已竟惟玻璃
未裝二日即備齋定於十月
朔開祭祠二日
不宜素菜
道人毫[illegible][illegible][illegible]所知也
備祭菜來際之後
此間附寄還
爾可讀
但能試試先作好為要
即以讀爾即為禱
書東道主

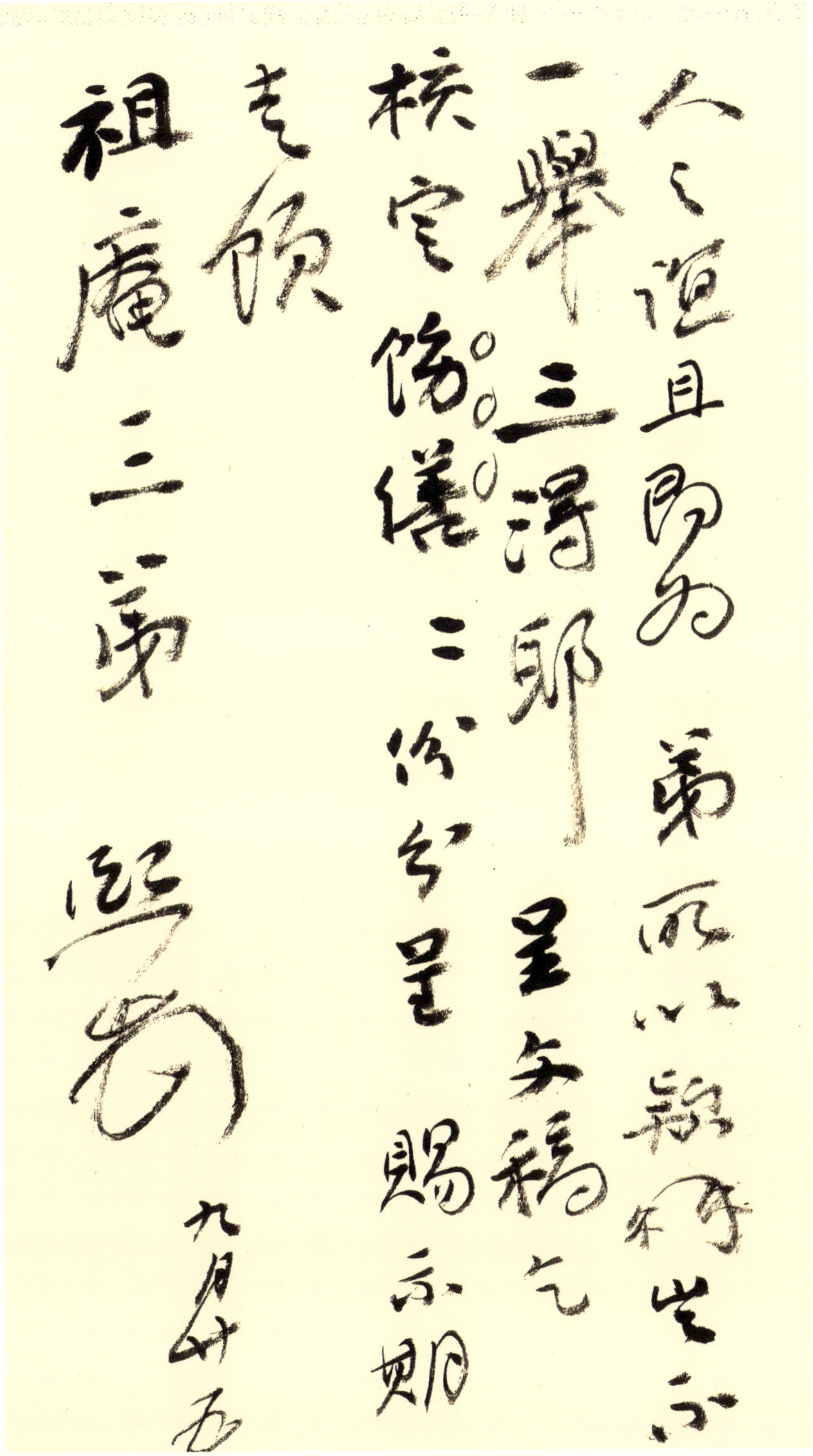
人人道且易為　弟而以難行光示
一舉三得耶　呈矣稿乞
校定飭儀二份幷呈　賜示期
先頌
祖庵三弟　熙頓首
九月廿五

第三十二通　致譚延闓書　一九二七年

玉梅花庵工程已完，惟玻璃木器，二三日即備齊。定於十月朔開祭，初二日弟可潔備祭菜來祭（不宜素菜，道人喜豐肥，弟所知也。此間厨竈但能小試，以先作好爲要），祭後即以讌。弟即爲髯盡東道主人之誼，且即爲弟所以欵髯，豈不一舉三得耶？呈文稿乞核定，飭繕二份分呈。賜示期走領。

祖庵三弟

熙頓首　九月廿五

「游天戲海之樓」

尺寸　3.9釐米方印

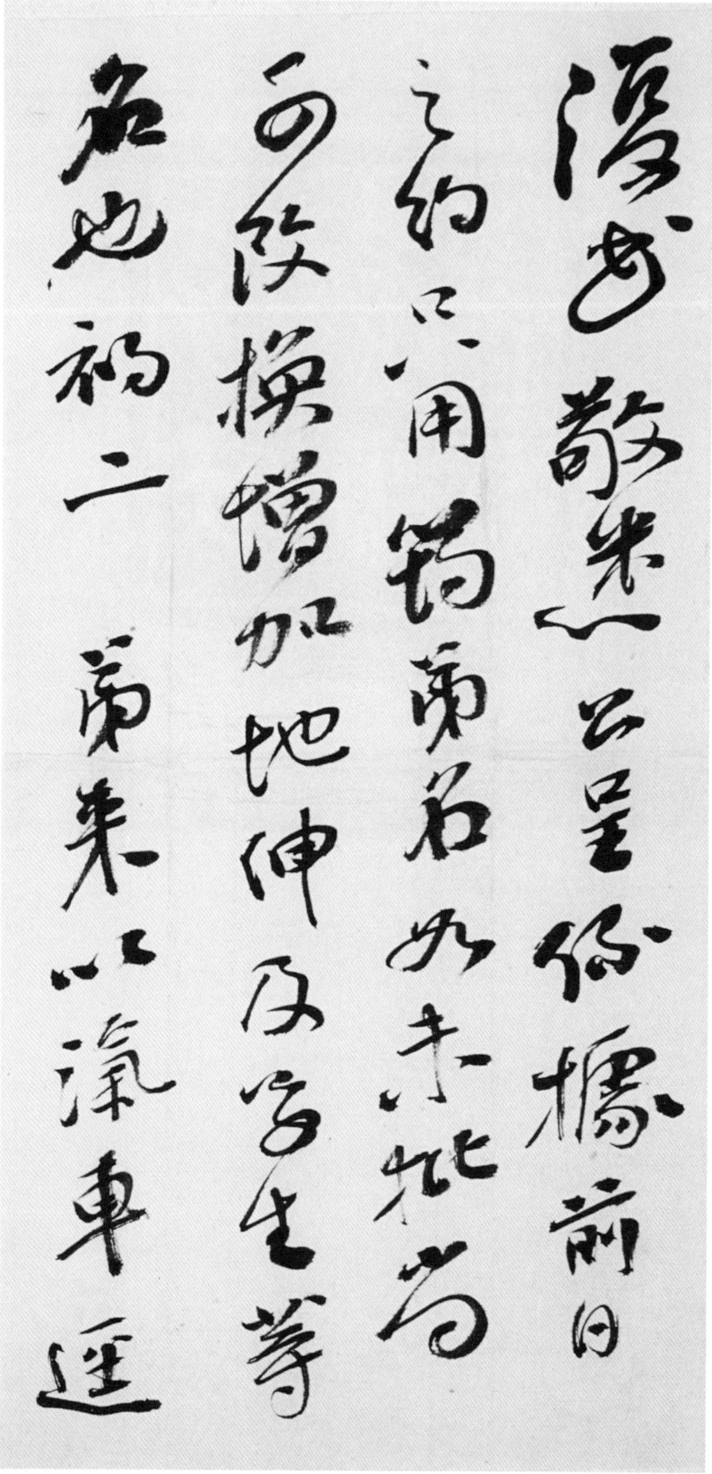

頃安敬來　公呈似標前日
之約只用錫蘭茗如未能為
可設撲燈加地伸及字生等
茗也竊二　蘭來以瀛東逕

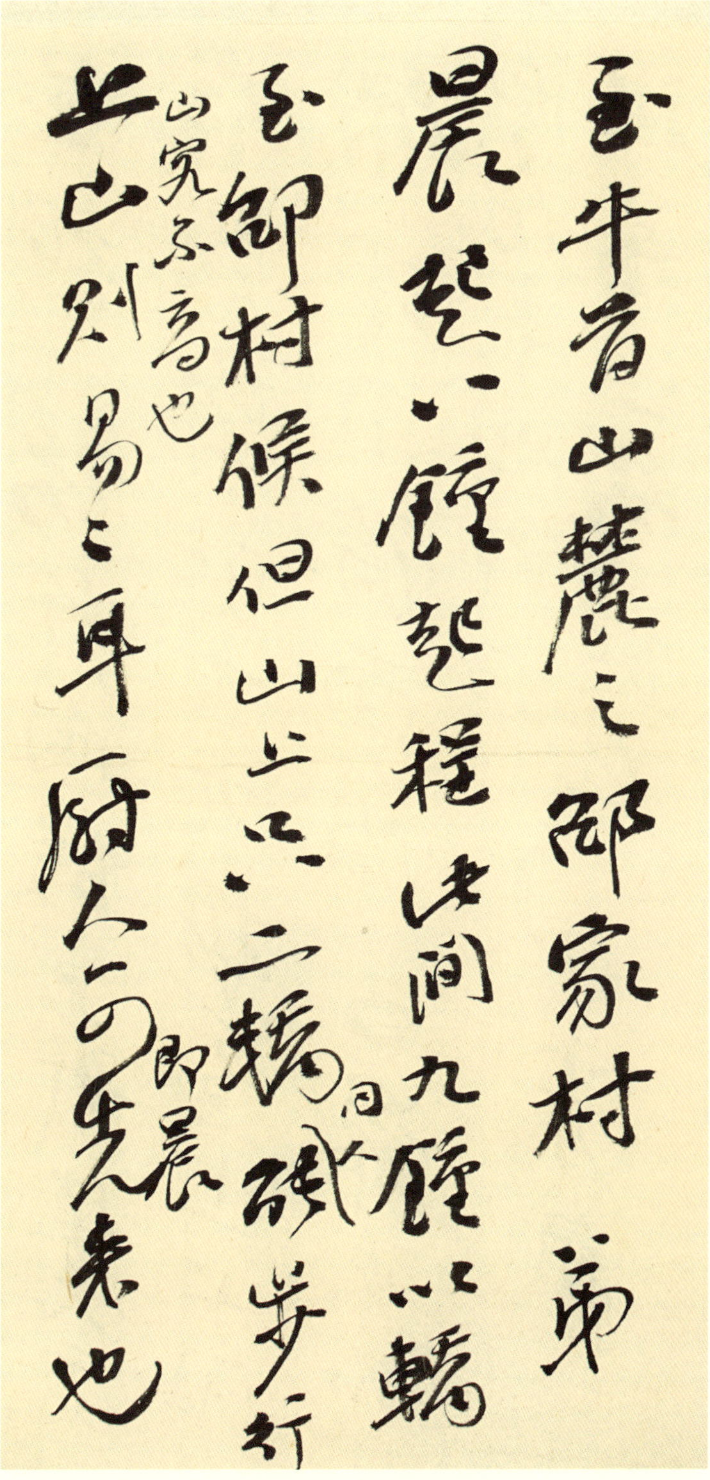
至牛首山麓之邵家村。弟晨起六鐘起程，決間九鐘以轎至邵村候。但山上只二轎，日我步行上山（山究不高也），則易之耳。一附人之（即晨）先來也。

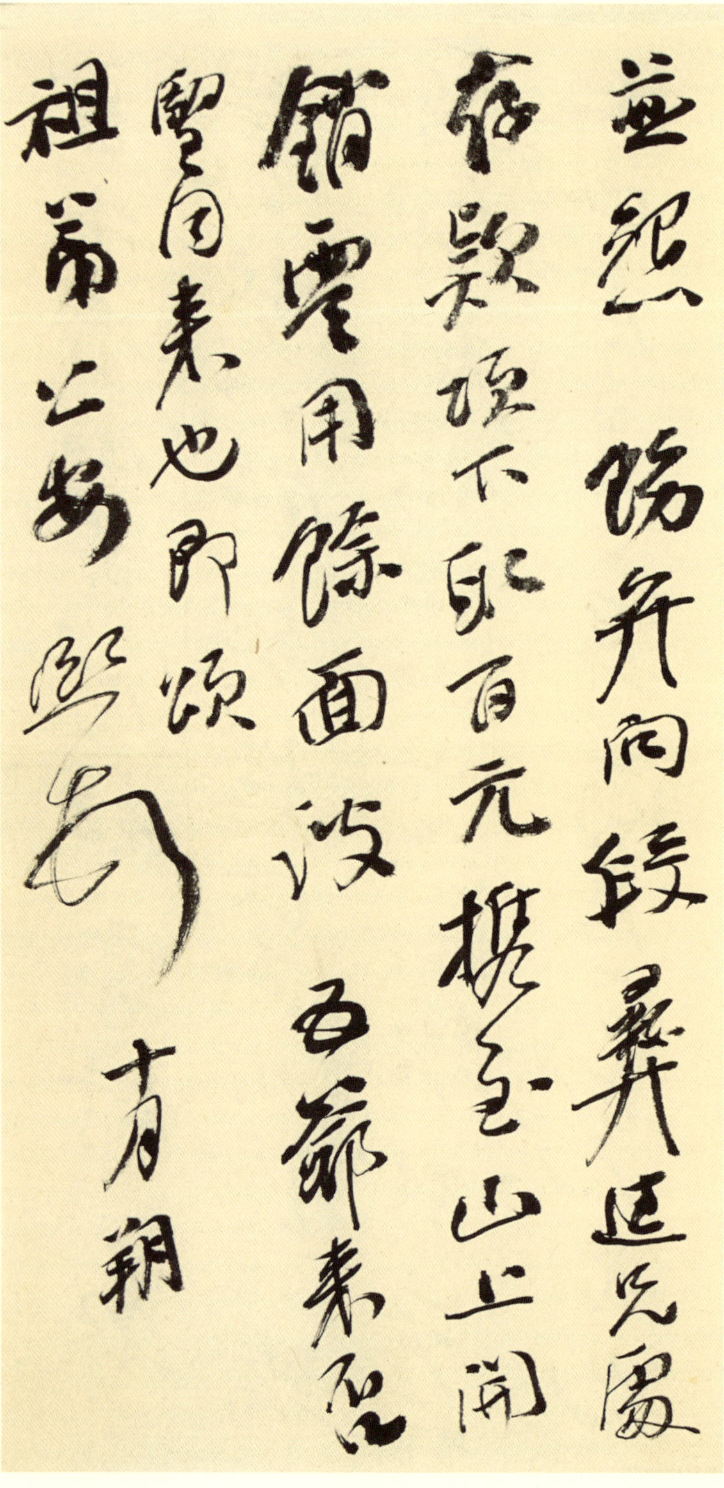

第三十三通　致譚延闓書　一九二七年

復書敬悉。公呈係據前日之約，只用筠弟名，如未批，尚可改换、增加地紳及學生等名也。初二弟來，以汽車逕至牛首山麓之邵家村。弟晨起，八鐘起程，此間九鐘以轎至邵村候，但山上只二轎，同人能步行上山則易易耳（山究不高也）。厨人可即晨先來也，并懇飭弁向段彝達兄處存欵項下取百元，携至山上開銷零用。餘面談。五爺[一]來否？望同來也。即頌

祖弟公安

熙頓首　十月朔

[一] 五爺，即譚澤闓。

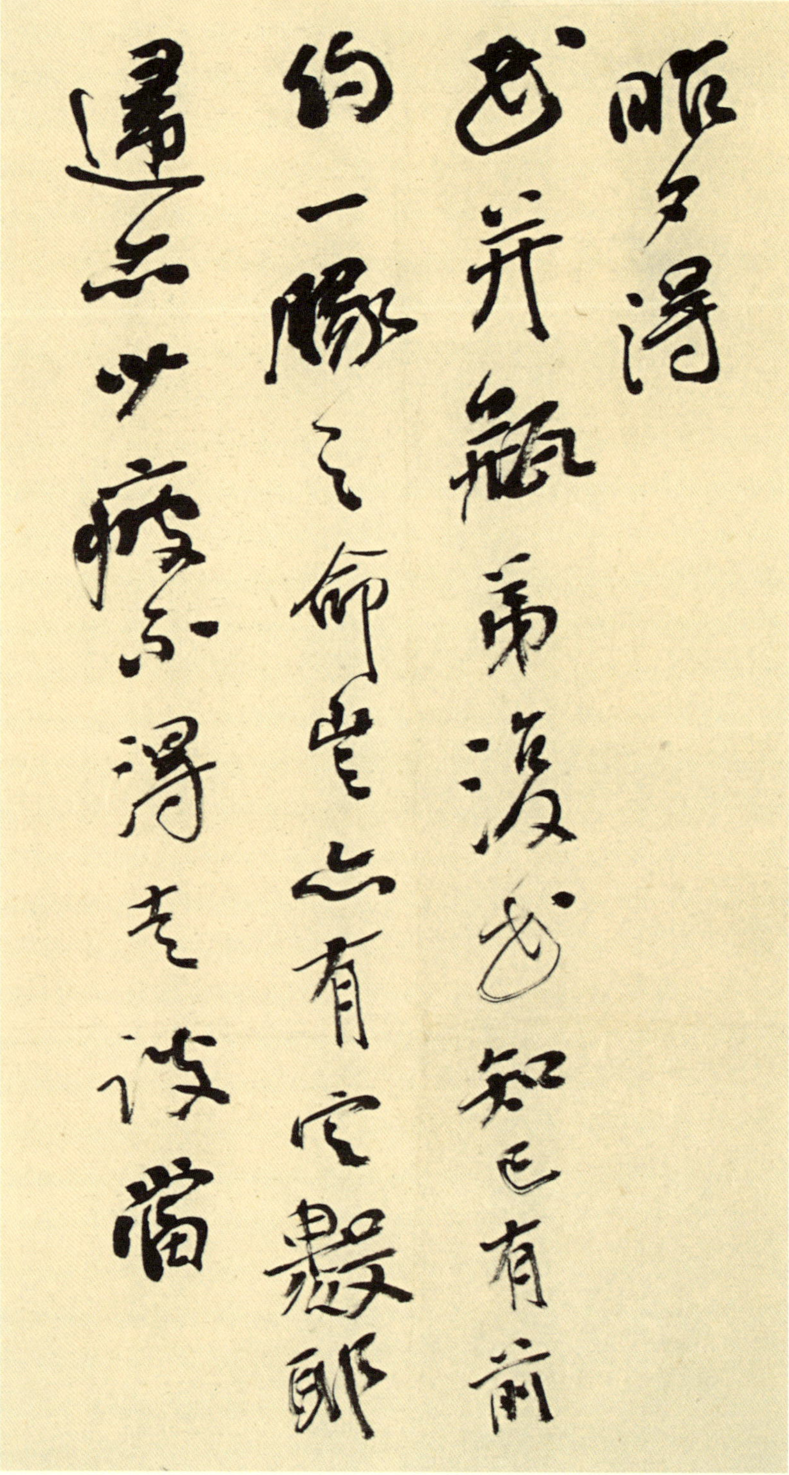

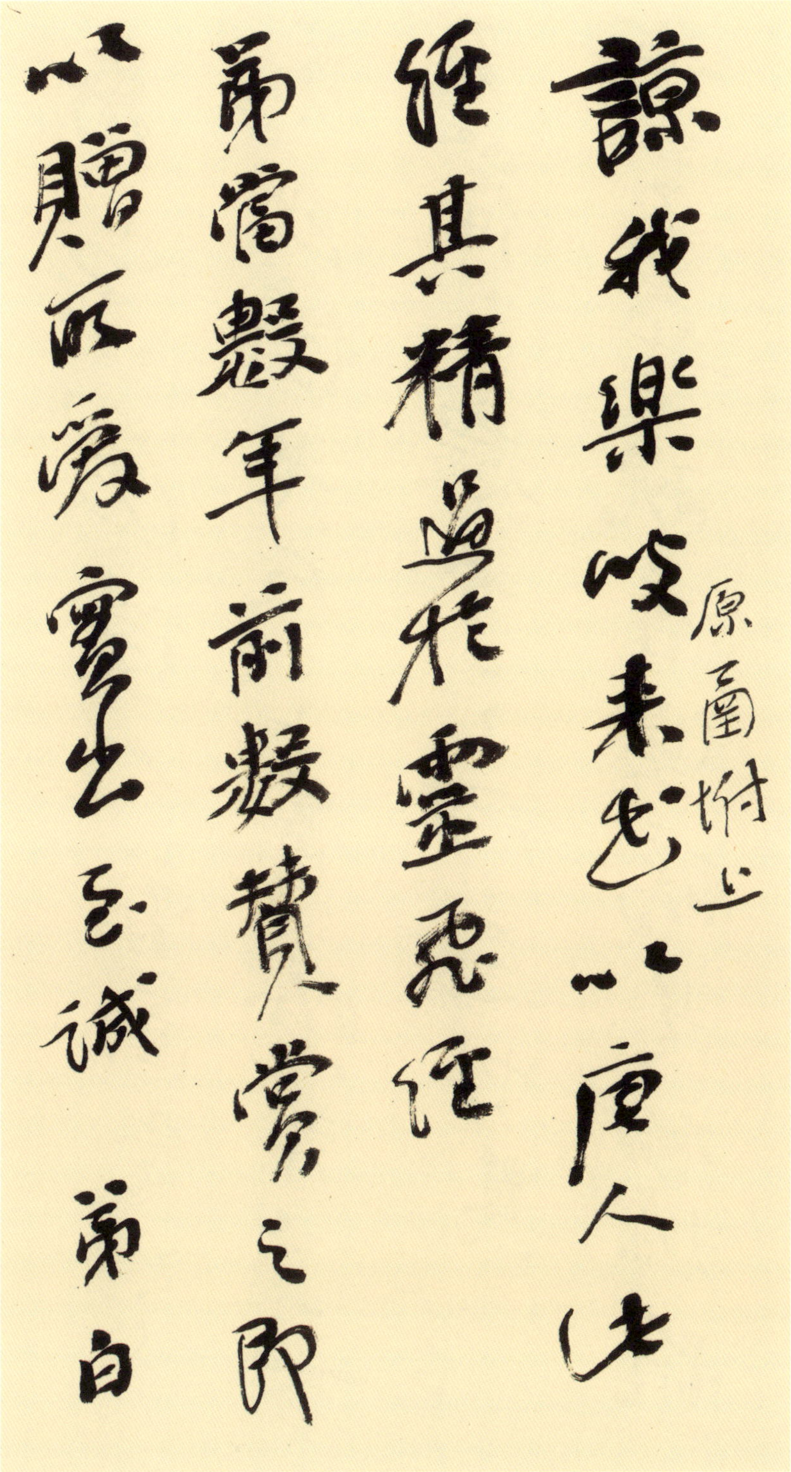
諒我樂此來也以庸人法
繩其精進於靈飛經
弟當擬年前擬贊賞之即
以贈政愛寶之以識　弟白
原圖附上

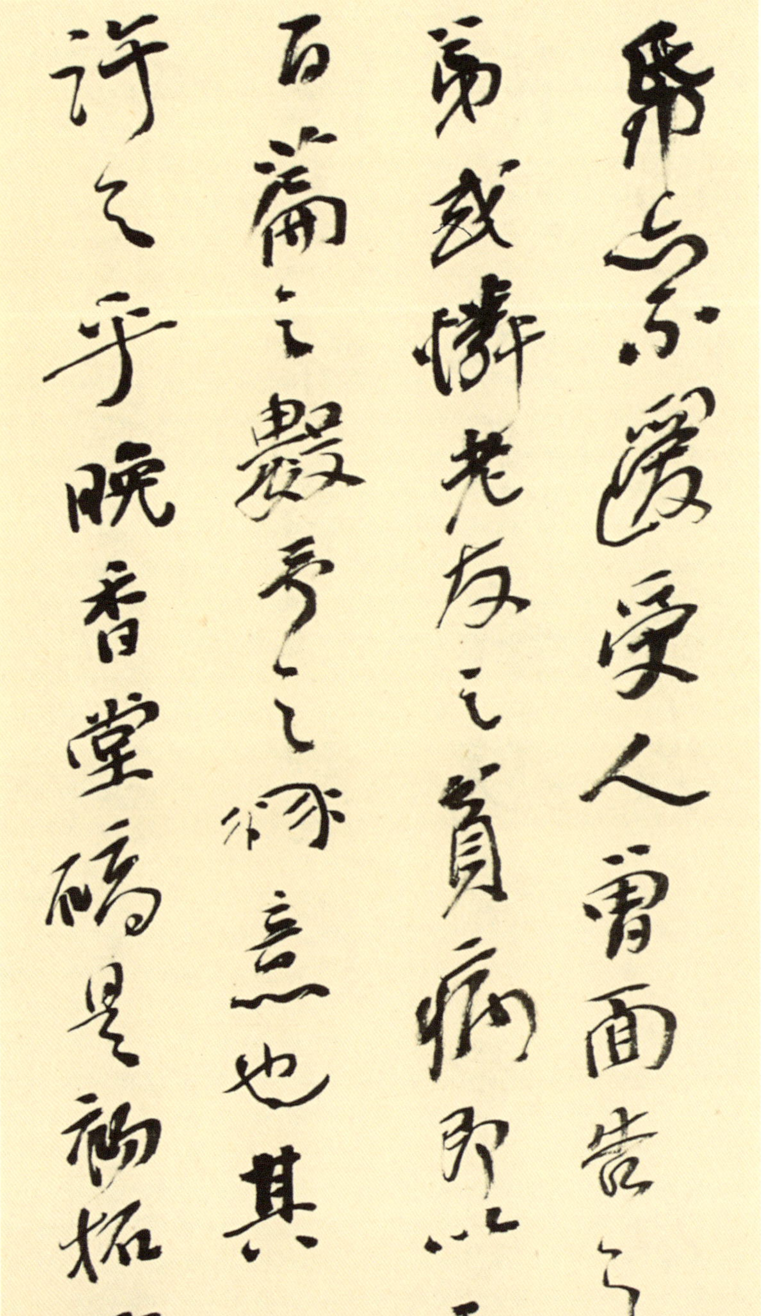
邪亦愛人胃面言之
弟我憐老友之貧病欲以三
百兩之數爲之作將意也其
許之乎晚香堂碍是祠招

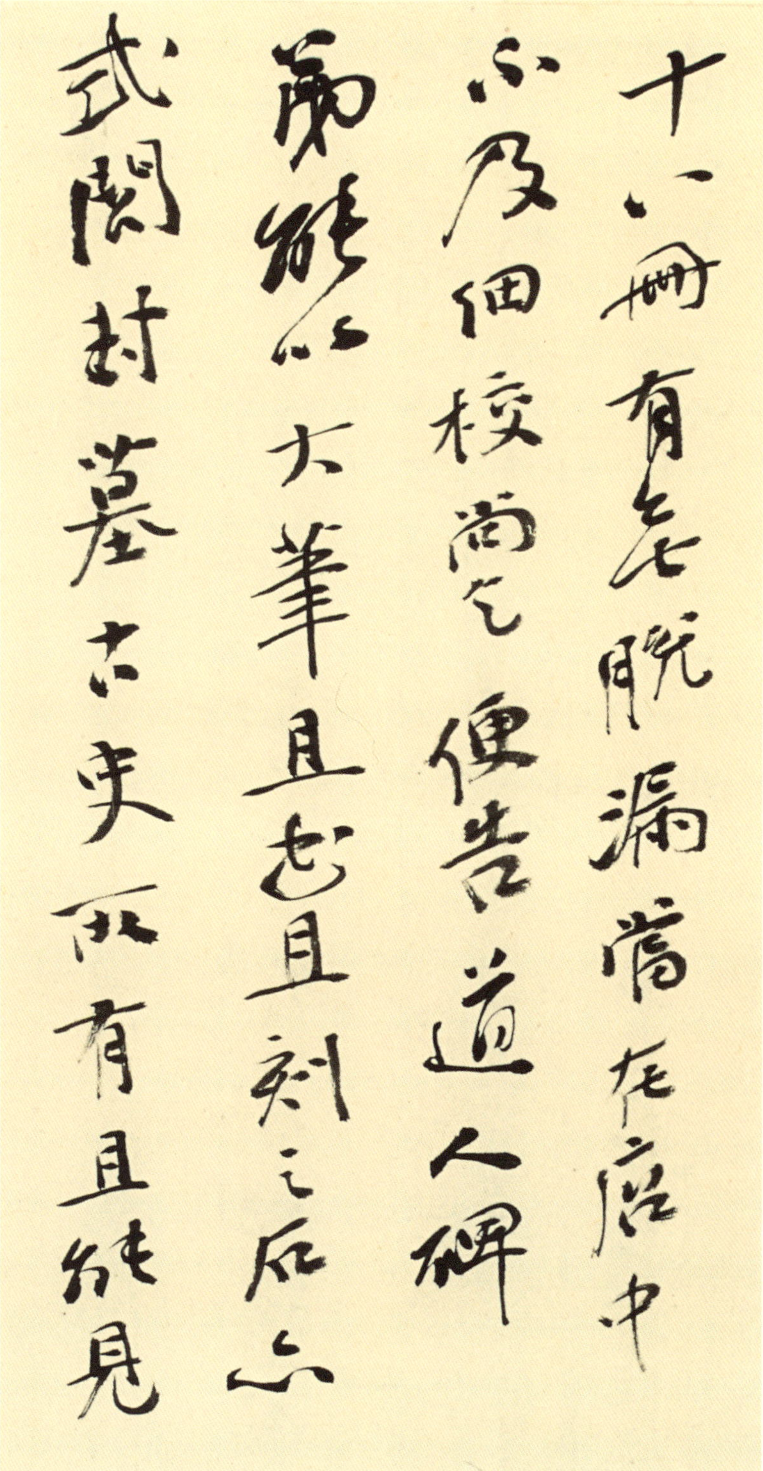

十六冊有差脫漏當在店中亦及細校倘乞便告道人碑甫能以大筆且書且刻之石亦武闕封墓古文所有且能見

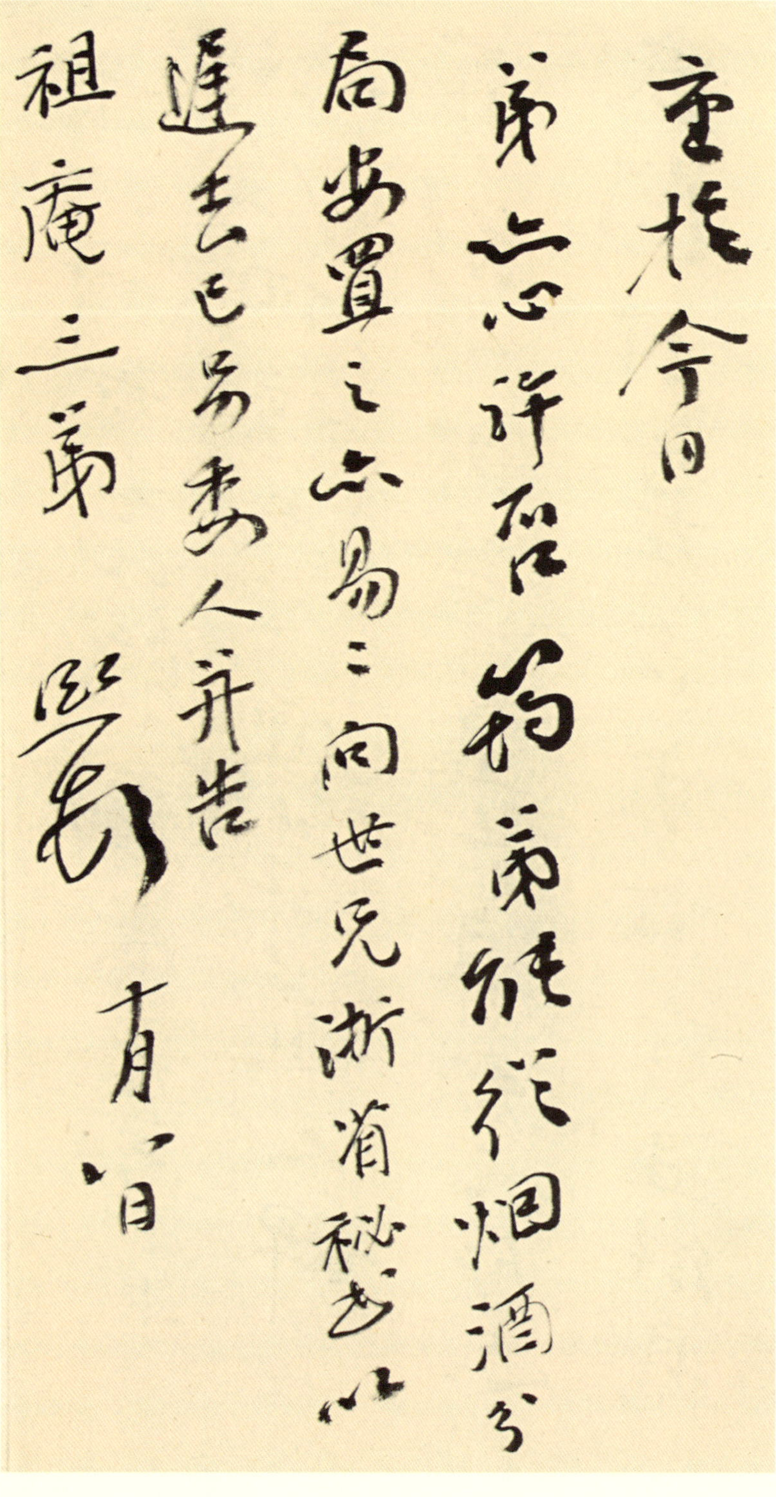

重九今日

承示悉，詳知爲弟購得烟酒等

尚安置之，亦易易。向世兄浙省秘書以

遲去，已另委人，并告

祖庵三弟

熙民

十月一日

第三十四通　致譚延闓書　一九二七年

昨夕得書并瓶弟復書，知已有前約，一豚之命，豈亦有定數耶？歸亦少疲，不得走談，當諒我。樂叟來書（原函坿上），以唐人此經，其精過於《靈飛經》。弟當數年前數贊賞之，即以贈所愛，實出至誠。弟白紙亦不受人，曾面告之。弟或憐老友之貧病，即以三百篇之數予之，髯意也，其許之乎？《晚香堂》確是初拓，惟十八册有無脱漏，當在店中不及細校，尚乞便告。《道人碑》弟能以大筆且書且刻之石，亦式閭封墓，古史所有，且能見重於今日，弟亦心許否？筠弟能從烟酒分局安置之，亦易易。向世兄浙省祕書，以遲去，已另委人，并告。

祖庵三弟

熙頓首　十月八日

海上畫家善古畫侍女之物，黃濬為先生潤格。乞

兩署名畫筆，想必樂為之，將許也。

祖庵先生與為

十月廿五

此箋黃君璧呈上

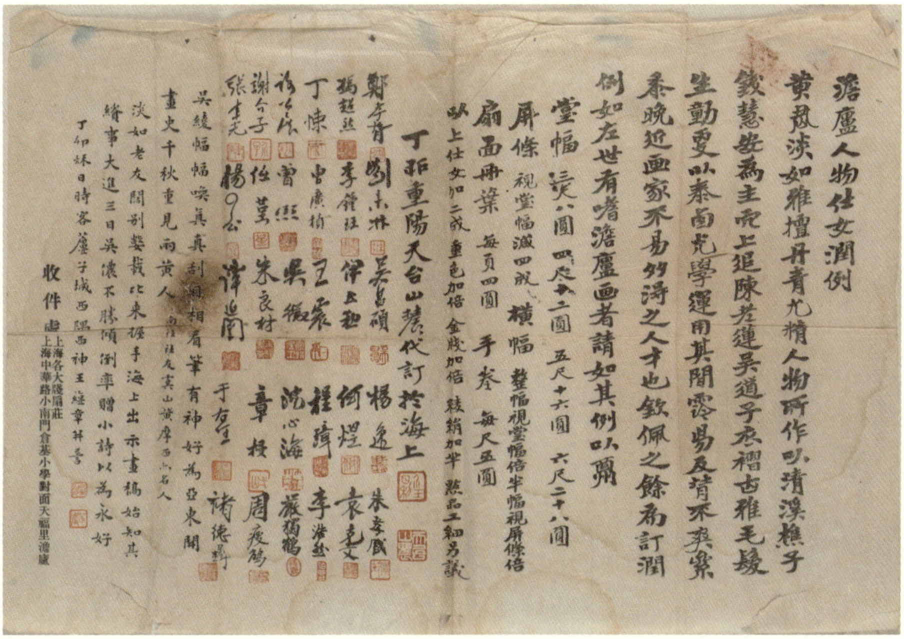
澹廬人物仕女潤例
黃君澹如雅擅丹青，尤精人物，所作以清溪樵子、錢慧安爲主，而上追陳老蓮、吳道子，衣褶古雅，毛髮生動，更以泰西光學運用其間，雲易及背，不爽累黍。晚近畫家不易多得之人才也。欽佩之餘，爲訂潤例如左。世有嗜澹廬畫者，請如其例以爾。
堂幅　三尺八圓　四尺十二圓　五尺十六圓　六尺二十八圓
屏條　視堂幅減四成　橫幅　整幅視堂幅倍，半幅視屏條倍
扇面冊葉　每頁四圓　手卷　每尺五圓
以上仕女加二成　重色加倍　金箋加倍　絹綃加半　點品工細另議
丁卯重陽天台山農代訂於海上
鄭孝胥　劉未林　吳昌碩　楊逸　朱孝臧
馮超然　李鍾珏　伊立勳　何煜　袁克文
丁悚　曹廣楨　王震　程璋　李瑞荃
孫雪泥　曾熙　吳徵　沈心海　嚴獨鶴
謝介子　任堇　朱良材　章梫　周瘦鵑
張聿光　楊了公　譚延闓　于右任　褚德彝
吳綾幅幅喚真真，刮目相看筆有神。好爲亞東開畫史，千秋重見兩黃人。（兩黃謂友寅山黃摩西兩名人）
澹如老友闊別數載，北來握手海上，出示畫稿，始知其繪事大進，三日吳儂不勝傾倒，率贈小詩以爲永好。丁卯妹日時客蘆子城西隅西神王蘊章并書
收件處　上海各大牋扇莊　上海中華路小南門倉基小學對面天福里澹廬

第三十五通　致譚延闓書　一九二七年

海上畫家善畫侍女人物黃澹如[一]先生潤格，乞弟署名蓋章，想亦樂爲之獎許也。

祖庵先生

熙頓首　十月廿五

此箋黃君呈上。

附：澹廬人物仕女潤例

［一］黃澹如，即黃人（一八六七—一九三六後），字澹如，齋名澹廬、墨壽軒、花好月圓人壽廬（軒）。江蘇無錫人。歷任東林書院、江蘇省立第三師範學校等教職。晚年遷居滬上，以鬻畫爲業。一九二七年曾熙、譚延闓等爲其人物仕女潤例署名。精醫道。編印有《國民必讀》一書。

十日來因感冒牙痛
嗽亂亦發痛今日稍愈
知
前來滬不得長談也

爲庵抄寄省政府批當（批附上勿拋遺失）
是照一例文章前寄江寧批
精切但就與僕人擬田於玉
梅花庵經營全未提及

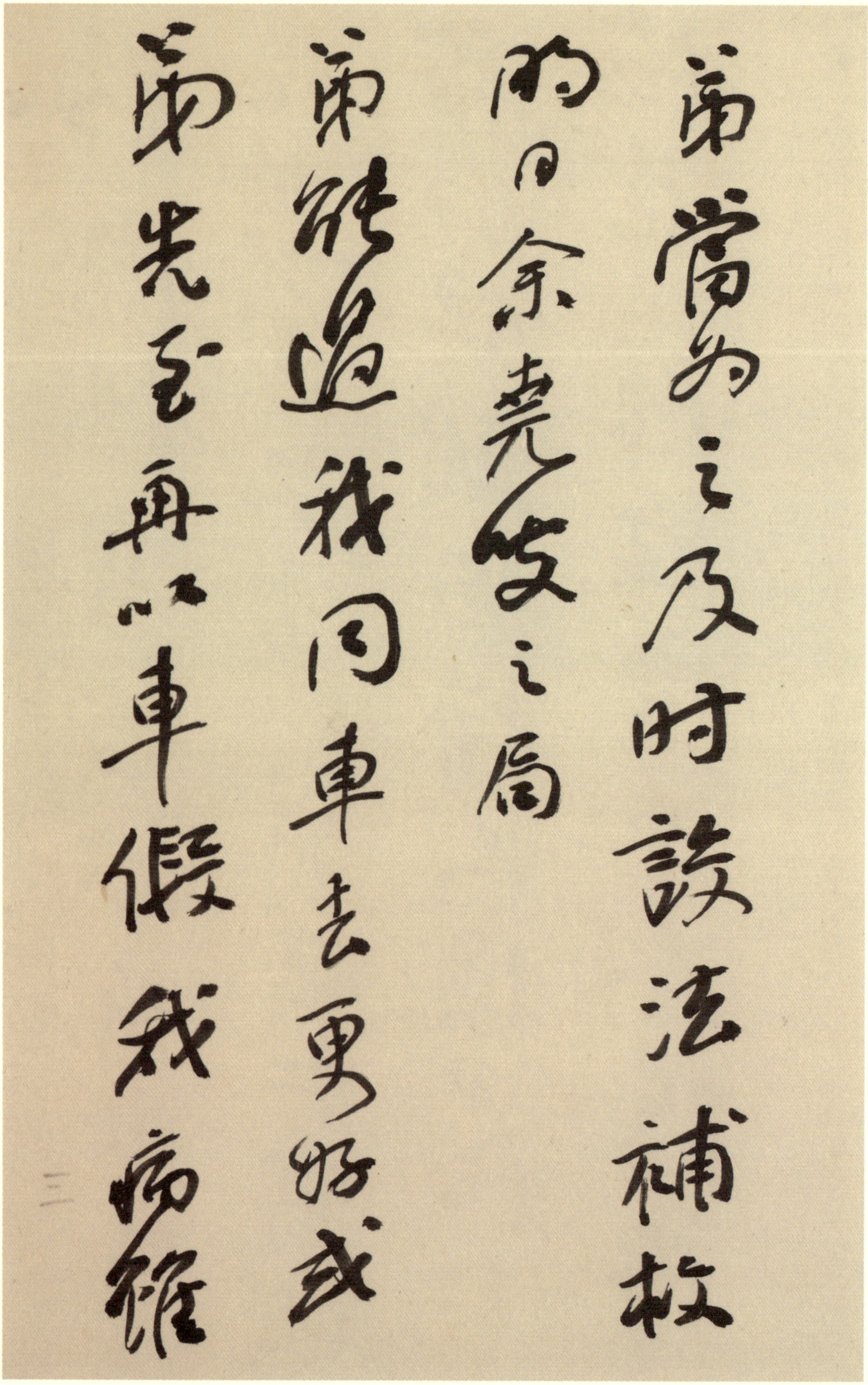

弟嘗爲之及時設法補救
昨日余堯衢之扇
弟能過我同車去更好或
弟先至再以車假我病軀

三

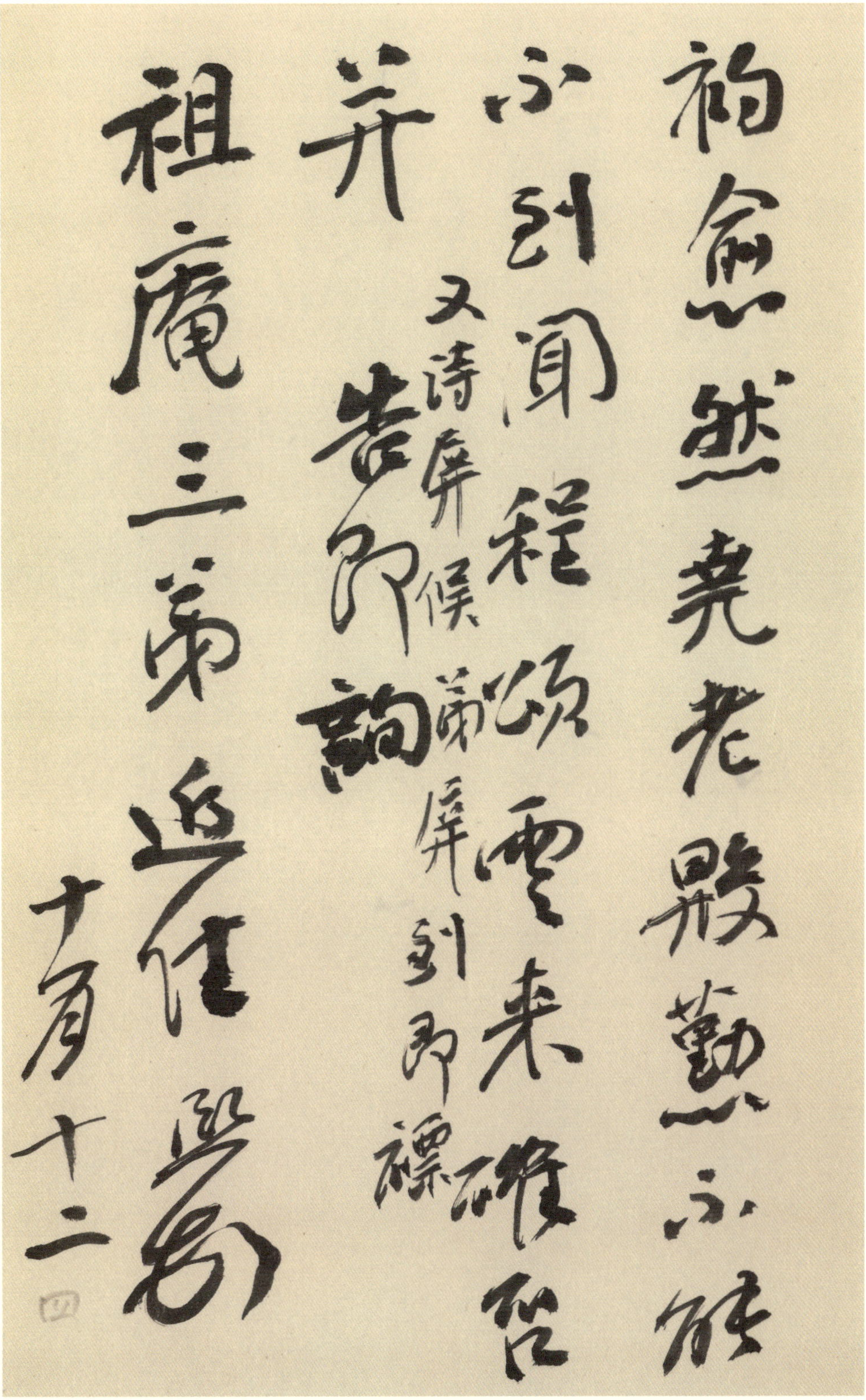
祠念然堯老殷勤，亦能亦到，聞程頌雲來催啓，又詩屏侯蕭屏，屏到即裱，並告即詢
祖庵三弟近佳
熙啓
十月十二

第三十六通　致譚延闓書　一九二七年

十日來，因感冒牙痛，喉乾亦發痛，今日稍愈。知弟來滬，不得走談也。筠庵抄寄省政府批（批埒上，縣批已失），尚是照例文章。前寄江甯批稍切，但就與僧人换田，於玉梅花庵經管，全未提及，弟當爲之及時設法補救。明日余堯叟[一]之局，弟能過我同車去更好，或弟先至，再以車假我。病雖初愈，然堯老殷懃，不能不到。聞程頌雲[二]來，確否？并告。（又詩屏，候弟屏到即褾。）

即詢

祖庵三弟近佳

熙頓首　十一月十二

［一］余堯叟，即余肇康。

［二］程頌雲（一八八二—一九六八），名潛，字頌雲。湖南醴陵人。清末秀才，同盟會會員，日本陸軍士官學校第六期畢業。武昌起義後，歷任國民革命軍第六軍軍長、第一戰區司令長官、湖南省政府主席等職。新中國成立後，曾任民革中央副主席、全國人大常委會副委員長、國防委員會副主席、湖南省省長等職。

「曾熙印長壽年宜子孫」

尺寸　3.3釐米方印

夢老夫人
祖母仙馭
曾
熙
承訃不復
卅二日來不
痛何言說

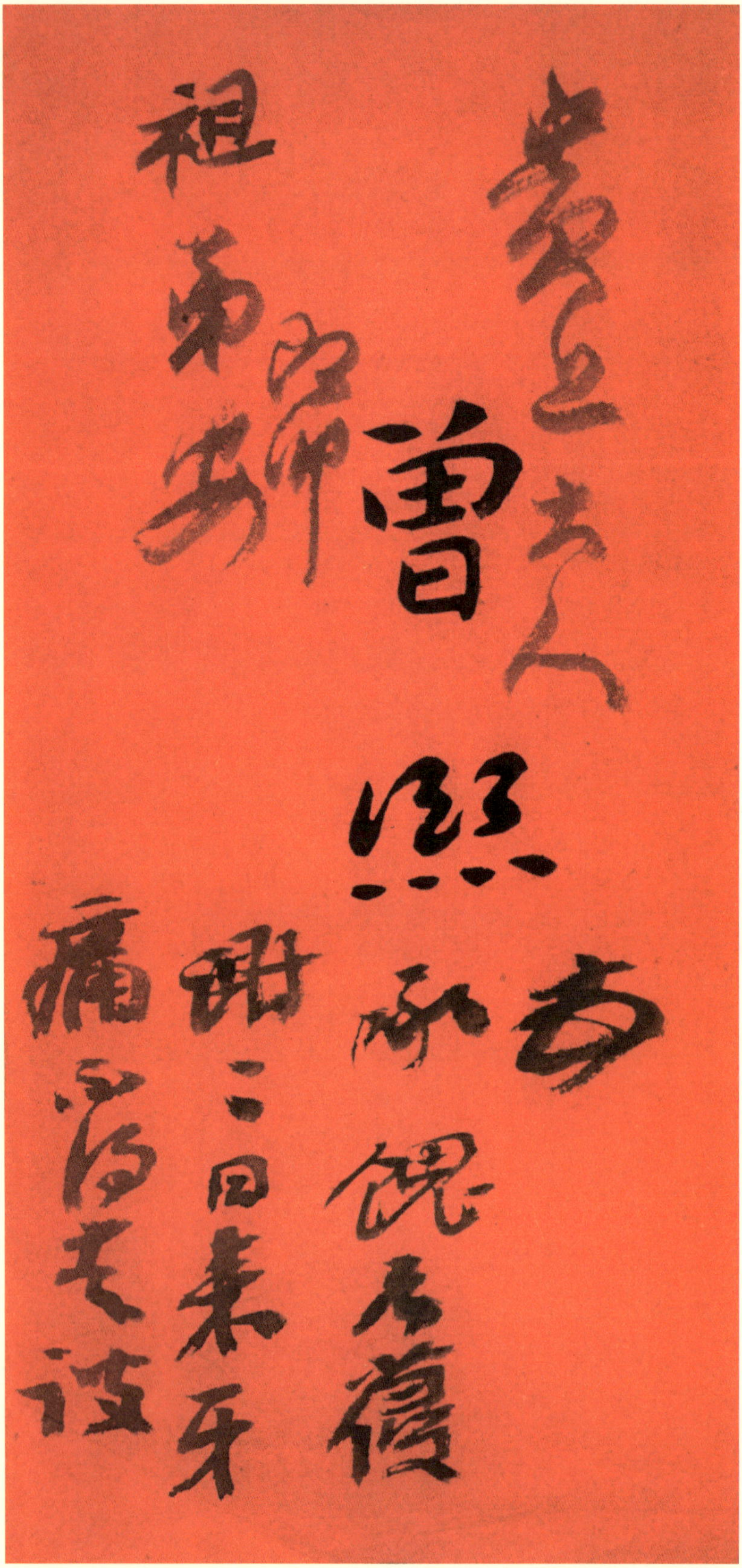

第三十七通　致譚延闓書　一九二七年

承餽元葠，謝謝。日來牙痛，不得走談。即叩

祖弟安

曾熙頓首

貴上大人

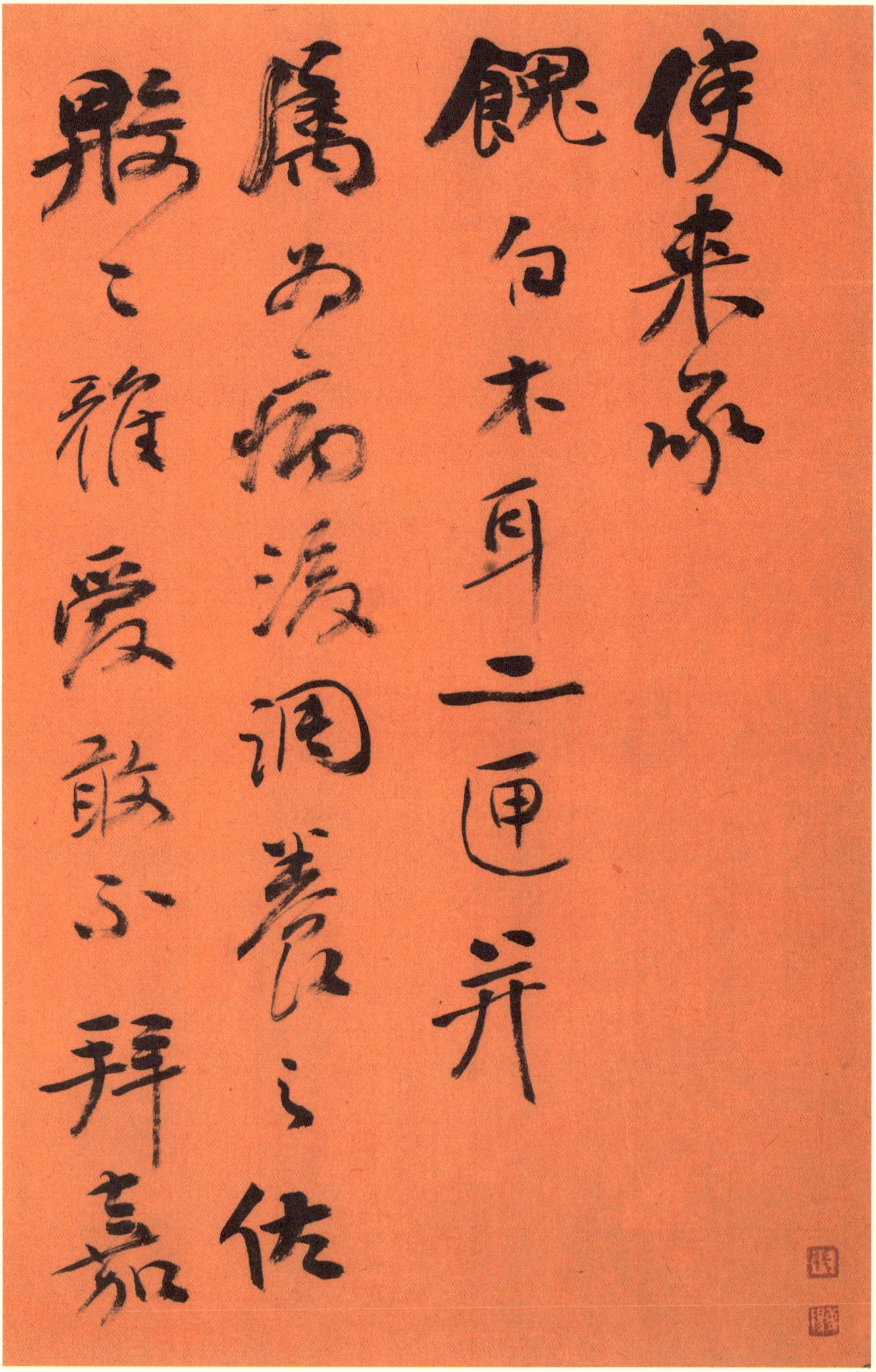
使來承餽白朮百二函並薦為病後調養之佐殷殷雅愛敢不拜嘉

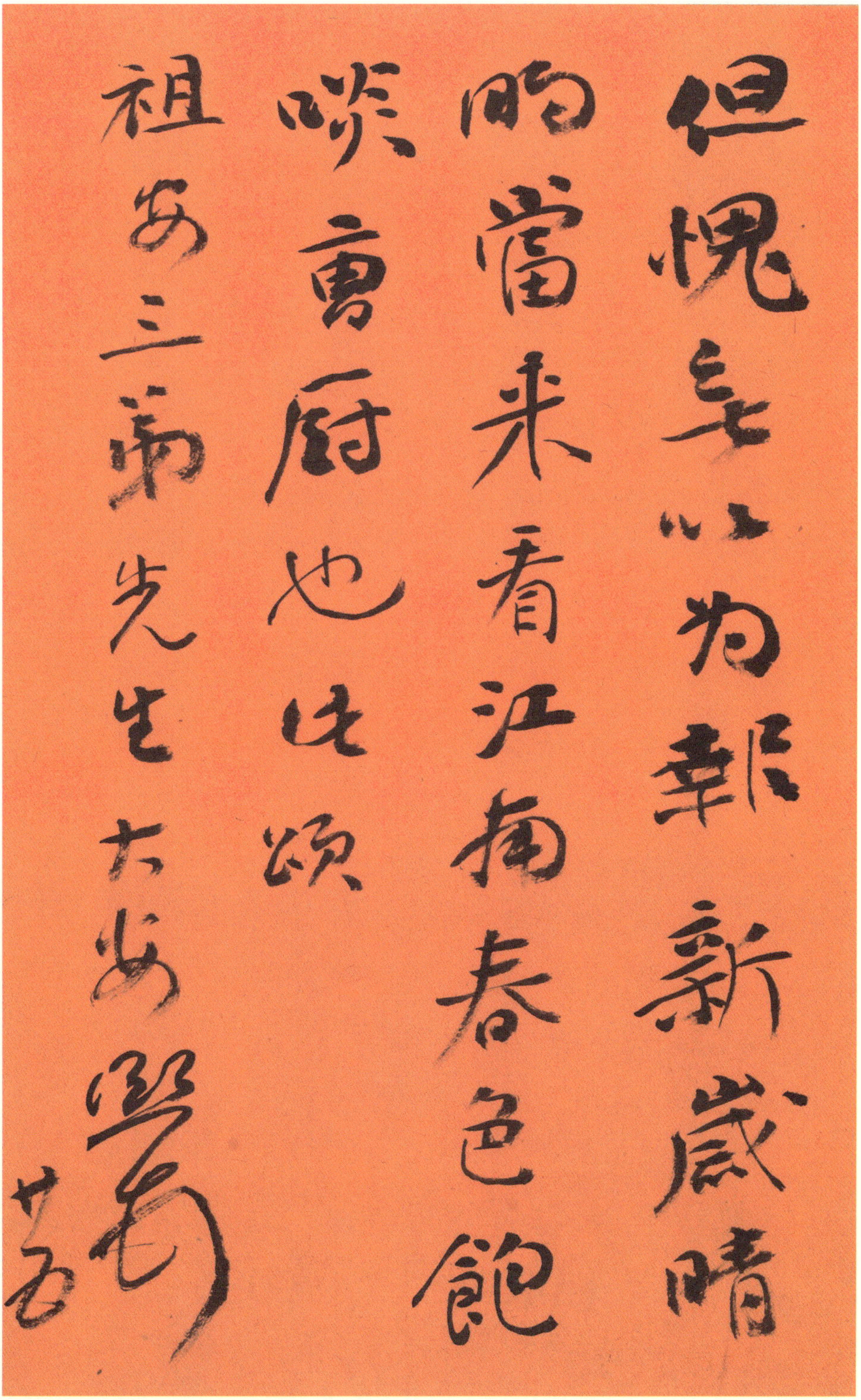
但愧無以為報新歲晴
明當來看江南春色飽
啖曹廚也此頌
祖安三弟先生大安熙頓首
廿五

第三十八通　致譚延闓書

使來，承餽白木耳二匣，并屬爲病後調養之佐，殷殷雅愛，敢不拜嘉，但愧無以爲報。新歲晴明，當來看江南春色，飽啖曹厨也。此頌

祖安三弟先生大安

熙頓首　廿五

「武城第七十三派」
尺寸　3.9 釐米方印

嵩來之賀
弟書知我初間有深憂也昔則
境苦心甘今則境甘心更苦亦無可如
何耳　樂兄託售數件只〇出者
歸熙處之麻姑壇宋拓價甚高置
除一二堂耳附此
畏公年福　熙頓首
八日

上海九華堂寶記製箋

第三十九通　致譚延闓書　一九二七年

尚未走賀，弟當知我初聞有深憂也。昔則境苦心甘，今則境甘心更苦，亦無可如何耳。樂兄託售數件，其△[一]出者歸熙受之，《麻姑壇》宋拓價尚可商量，餘一言堂耳。

即頌

畏公年福

熙頓首　八日

[一] △，凸，即代「特」也。

二前得
承素師自叙帖及蘇釋一本
還之
弟為珂兒書扁書之精道之士
匠精神之充悅藤嵩詩直是
老杜然亦何憂之深耶大覺
有時局之感前歲瓶弟游粵

黄曉汀畫友（已畫扇贈菊瓶菊交上）託熙來也一聯瓶

菊臨行未及告渠以中秋日生日

乞菊也七字聯贈之（曉汀山水宗四王而夫人亦能也平日事疾最覺）非正生之也

生日字樣以便常挂也（然尚未得手聯已畫扇七字）中秋當歸

你必入選也止

祖菊三先生

熙

月九日

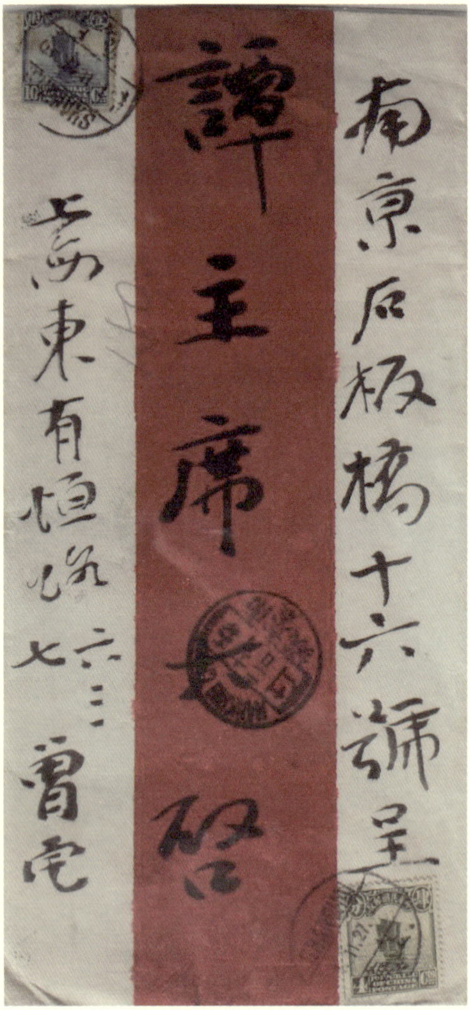
南京石板橋十六號呈
譚主席 啓

第四十通　致譚延闓書　一九二八年

前得弟爲珂兒[一]書扇，書之精遒無匹，精神已充悦。《落齒詩》直是老杜，然亦何憂之深耶？大覺有時局之感。前歲瓶弟遊粤，黄曉汀[二]畫友（已畫扇贈弟，瓶弟交上）託熙求書一聯，瓶弟臨行未及告，渠以中秋日生日，乞弟書七字聯贈之（曉汀山水宗四王[三]，而夫人亦能書，平日事疾最謹，然尚未得子聯，已畫格七字），非正生，不書生日字樣，以便常挂也。中秋當歸，髯必入坐。此上

祖弟三先生

熙頓首　八月九日

外，素師《自叙帖》及《蘇釋》一本還上。

信封

南京石板橋十六號呈

譚主席手啓

上海東有恒路六三七曾宅

[一] 珂兒，即曾憲珂（一九〇五—一九六〇），原名憲璞，字叔主，號檢生，一號季鳴，行博一，又行五。曾熙第五子。上海大夏大學政治系畢業。幼從父習書法及問學。

[二] 黄曉汀（一八八九—一九三九），名起鳳，字曉汀，晚號鶴床，齋名芝蘭室。江西上饒人。幼從父習畫。畢業於上海龍門師範學校。後居桐廬十餘年。一九二五年夏由杭遷滬，鬻畫爲生。與張大千同住虹口五福里，亦與曾熙爲鄰，以書畫相往來。

[三] 四王，即王時敏（一五九二—一六八〇）、王鑑（一五九八—一六七七）、王翬（一六三二—一七一七）、王原祁（一六四二—一七一五）。

昨午後以濃豆汁湯
服後即大破蒙頭睡至
六鍾後稍覺風寒漸退
即雇車詣訪我

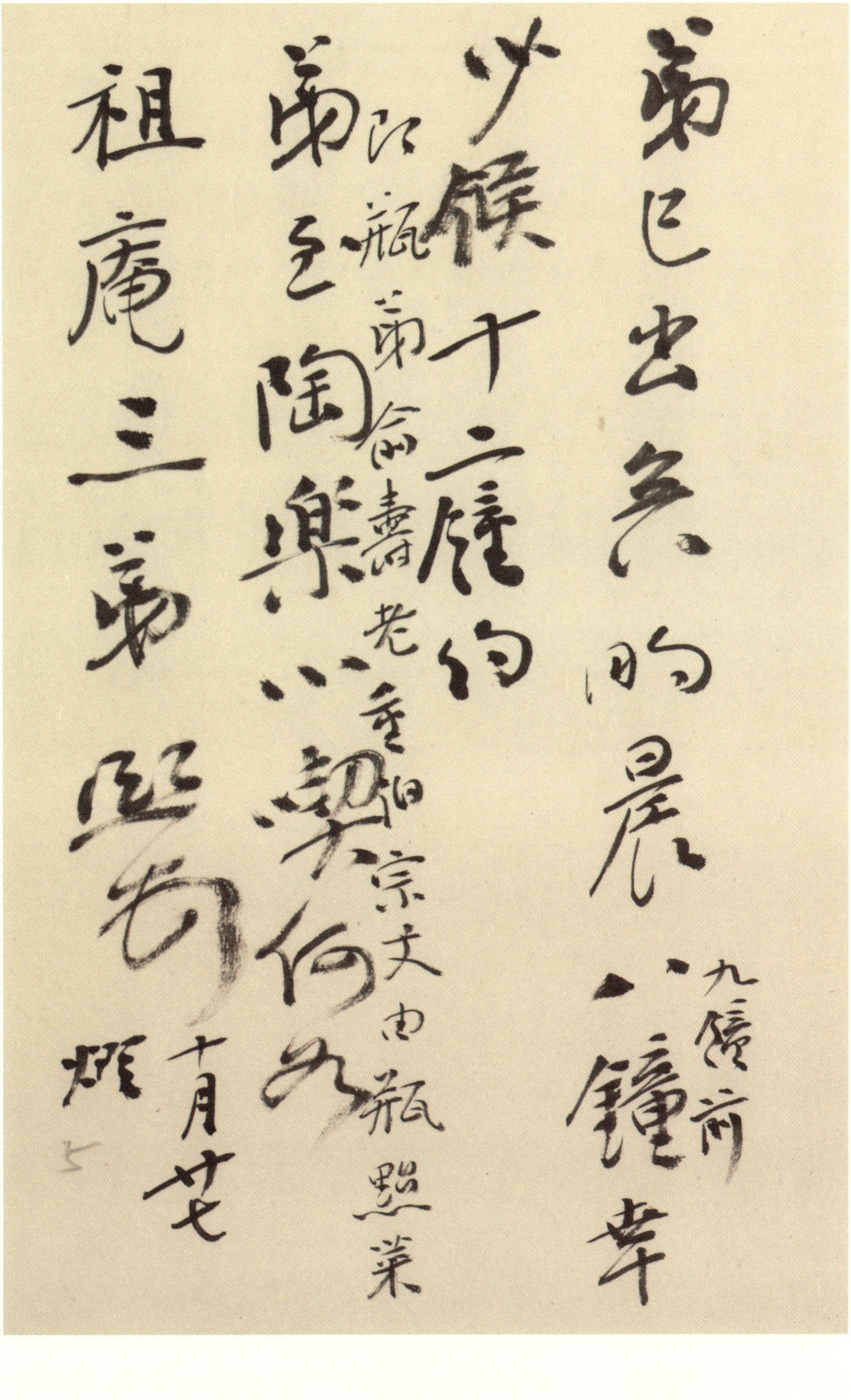
弟已出矣，明晨八鐘半（九鐘前）少候，十二鐘約江瓶、弟、俞壽老、香宗丈、由瓶照菜，弟至陶樂小梁何如？

祖庵三弟

熙頓

十月廿七

熙

第四十一通　致譚延闓書　一九二八年

昨午後以澹豆汁湯服後，即大被蒙頭睡，至六鐘後，稍覺風寒漸退，即雇車詣訪，我弟已出矣。明晨八鐘（九鐘前）幸少候，十二鐘約弟至陶樂[一]小喫，何如？（即瓶弟、俞壽老[二]、重伯[三]、宗丈，由瓶點菜。）

祖庵三弟

熙頓首　十月廿七燈

[一] 陶樂，即陶樂春川菜館。

[二] 俞壽老，即俞壽璋。

[三] 重伯，即曾廣鈞（一八六六—一九二九），字重伯，號觙庵，湖南湘鄉人。曾國藩長孫。光緒十五年（一八八九）進士。官至廣西武鳴府知府。辛亥革命爆發前夕，棄職歸里。有《環天室詩集》行世。

「心太平盦鉢」
尺寸　3.3 釐米×2.8 釐米

瓶菊來之
菊足少有腫脹近如何謹
之孔的 菊守常持之可也
點以爲燥即羊肉致吐血耶
如吳倉老之大點梅花近四

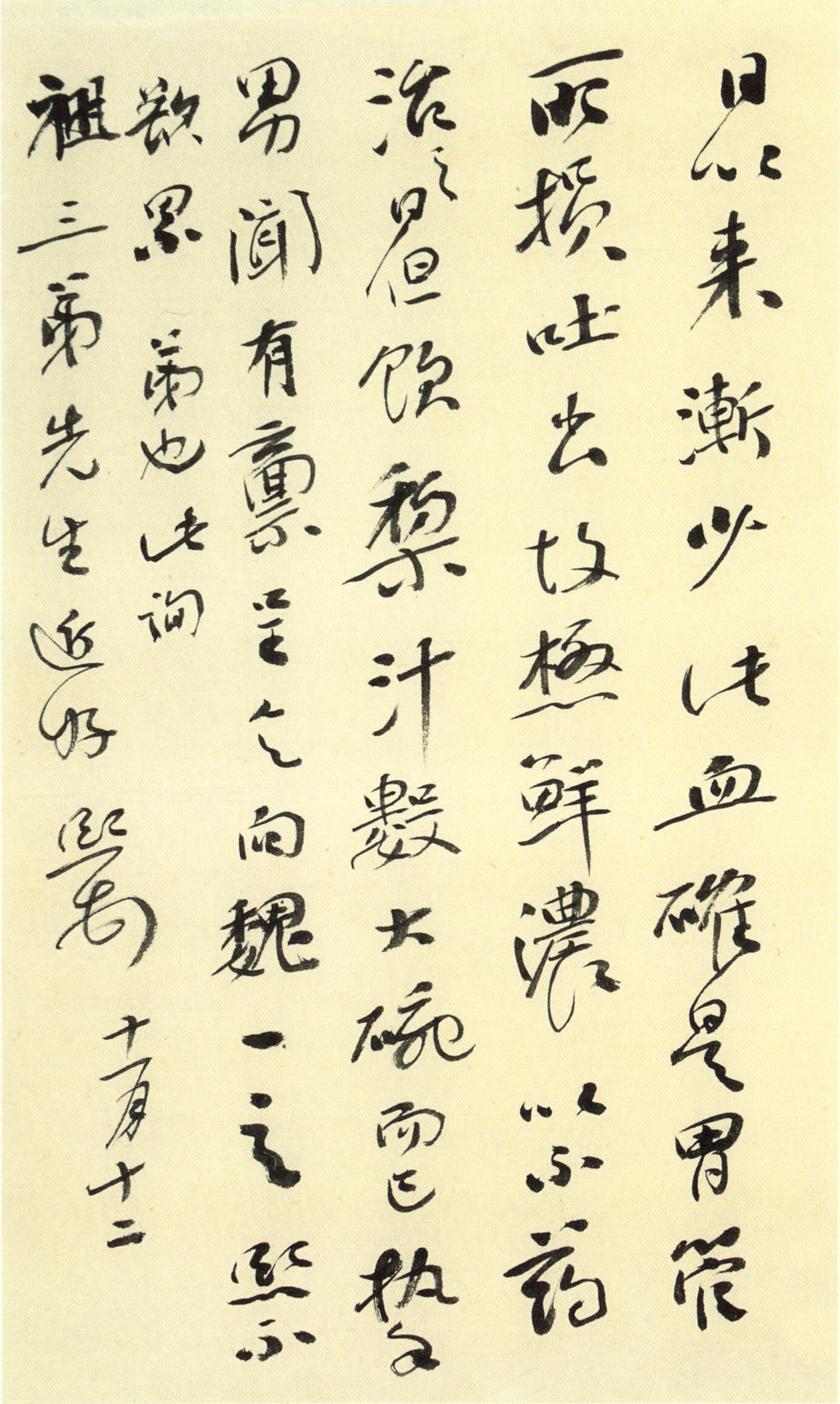

日以來漸少此血雖是胃管
所損吐出極鮮濃以不藥
治之但飲梨汁數大碗而已熱
男聞有膏粱之氣向魏一之熙不
欲累弟也此詢
祖三弟先生近好　熙頓首
十月十二

第四十二通　致譚延闓書　一九二八年

瓶弟來，言弟足少有腫漲，近如何?謡言孔多，弟守常持之可也。熙以冬燥食羊肉致吐血，初如吴倉老[一]之大點梅花，近四日以來漸少。此血確是胃管所損吐出，故極鮮濃。以不藥治之，日但飲梨汁數大碗而已。摯男[二]聞有稟呈，乞向魏一言，熙不欲累弟也。此詢

祖三弟先生近好

熙頓首　十一月十二

[一] 吴倉老，即吴昌碩(一八四四—一九二七)，初名俊，又名俊卿，字昌碩，自署倉石、老缶、苦鐵等，浙江安吉人。清末民初著名書畫家、篆刻家。曾任西泠印社首任社長。

[二] 摯男，即曾憲璵。

「曾熙長壽」

尺寸　2.3 釐米方印

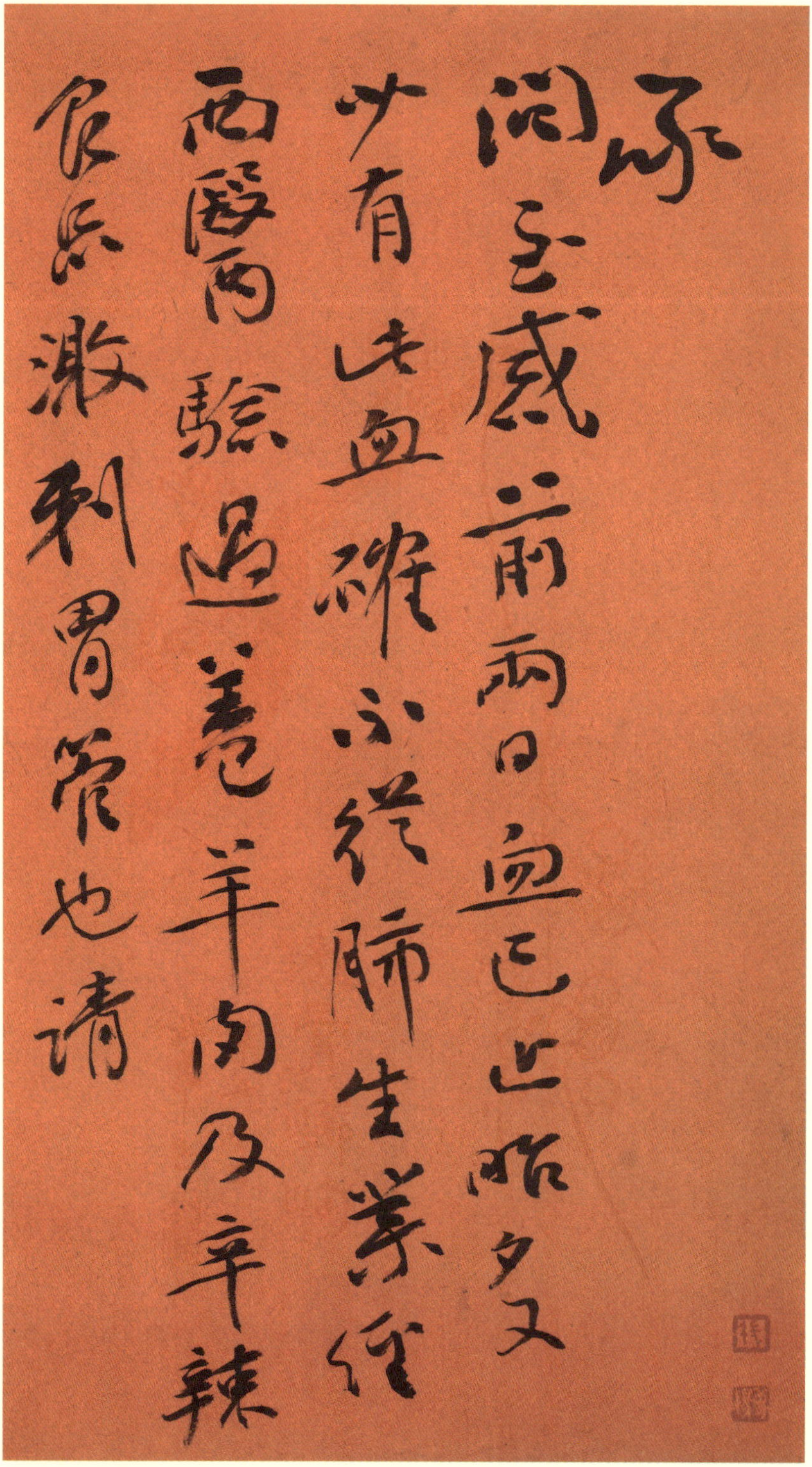

承
問至感前兩日血已止昨夕又
少有咳血殊不從肺生業經
西醫驗過蓋羊肉及辛辣
食品激刺胃管也請

一一三 曾熙致譚延闓書札 第四十三通 致譚延闓書 一九二八年

弟無會處持之以常治病
匃治固也病計二十日既食
舊會無而願并未服藥也此復
政詢
祖菴三先生近好 熙
十一月

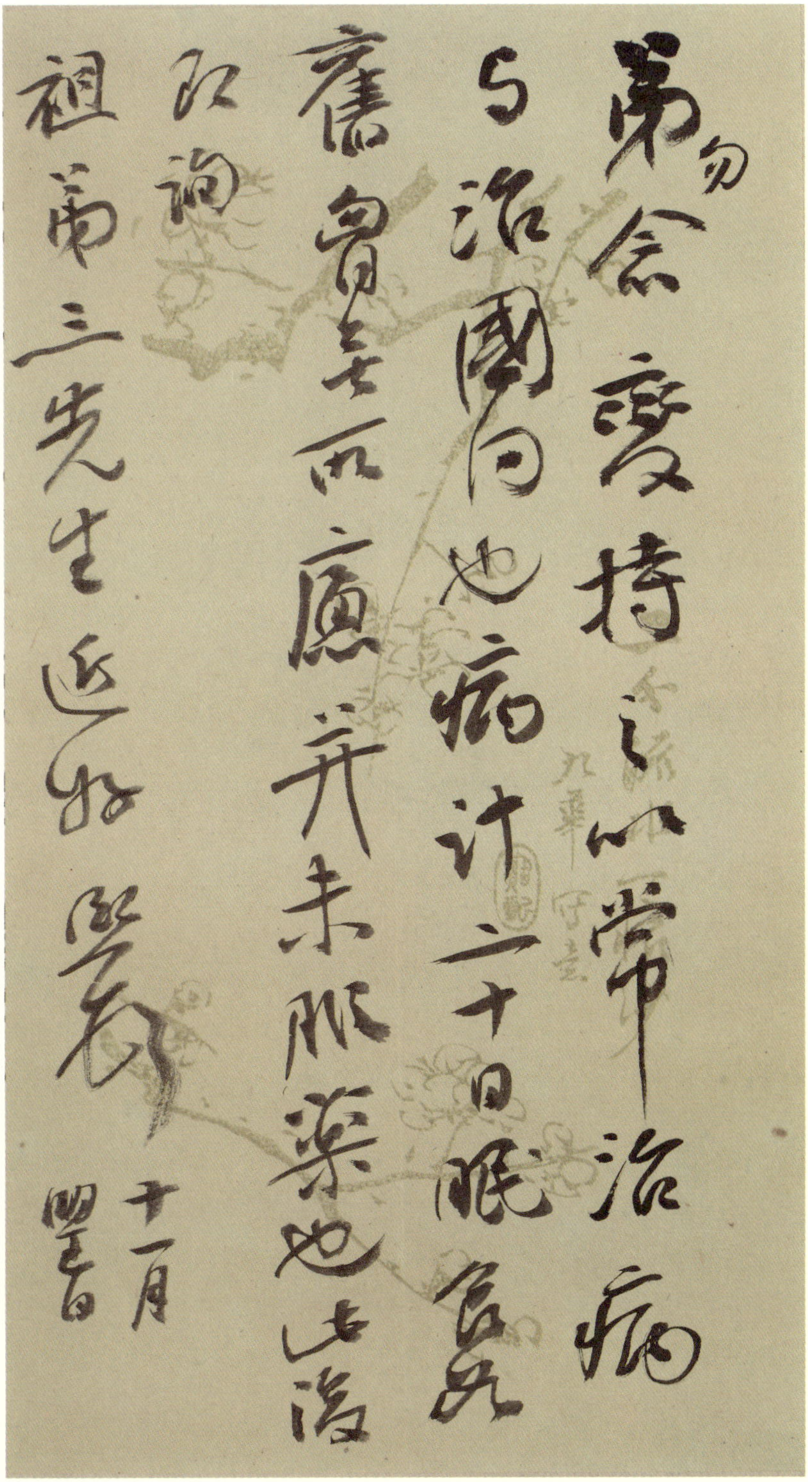

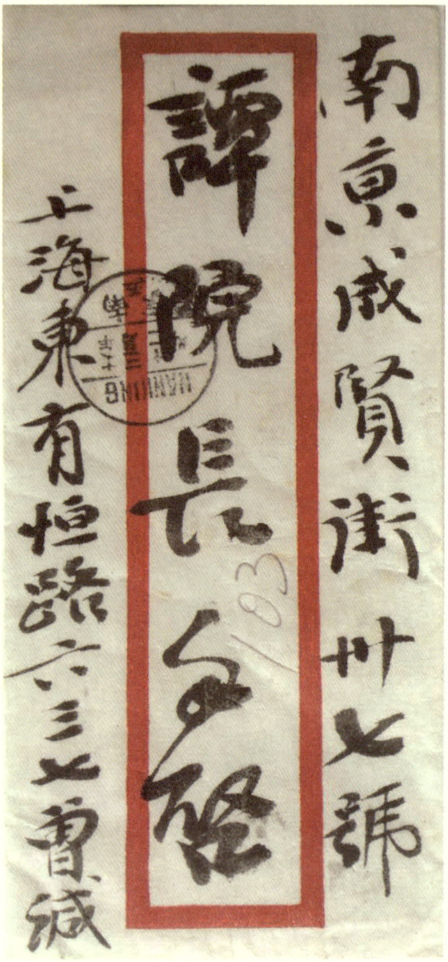
南京成賢街卅七號
譚院長台啓
上海東有恒路六三七曹緘

第四十三通　致譚延闓書　一九二八年

承問至感。前兩日血已止，昨夕又少有。此血確不從肺生，業經西醫驗過，蓋羊肉及辛辣食品激刺胃管也，請弟勿念。變，持之以常，治病與治國同也。病計二十日，眠食如舊，胸無所痛，并未服藥也。此復，即詢

祖弟三先生近好

熙頓首　十一月望日

信封

南京成賢街卅七號

譚院長手啓

上海東有恒路六三七曾緘

新年新元旦令孫子見入賀
用白箋者從新例也前之名
亦為早晚設也劉一麟長刻正乞
勁之質空費〔贈詠盦〕筆墨尔尔抵寫一
大幅或松或梅并自也一面但示
之事弟隨以數行為草草

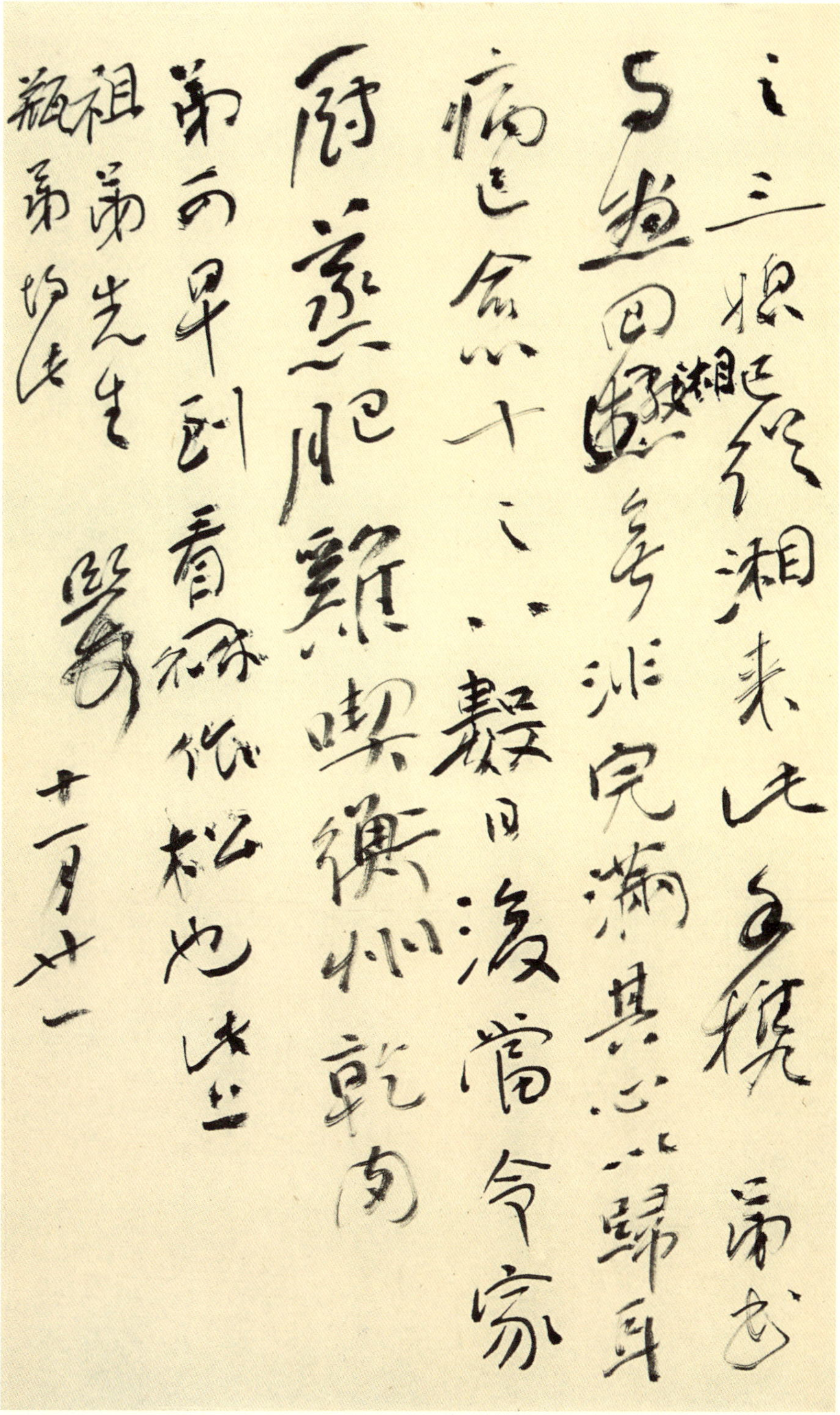
三三
根據相湘來此手稿　弟老
乃道田蝦多非完滿其心歸耳
病後念念十二、三、數日後當令家
尉蒸肥月難喫饌炊乾肉
弟可早到看孤從松也　此上
祖弟先生　熙頓首
頫弟均此
十一月廿一

第四十四通　致譚延闓書　一九二九年

新年新元旦令摯兒[一]入賀，用白牋者，從新例也。前乞呂公[二]爲卓兒[三]致書劉廳長，刻已無效，無須空費筆墨。髯擬寫大幅或松或梅贈詠龕[四]，并自書一函，但不言事，弟隨以數行爲卓言之。三媳[五]已從湘來此，手携弟書與畫回湘，無非完滿其心以歸耳。病已愈十之八，數日後當令家厨蒸肥雞，喫衡州乾肉，弟可早到，看髯作松也。此上

祖弟先生，瓶弟均此

熙頓首　十一月廿一

[一]摯兒，即曾憲瑛。

[二]呂公，即呂蘧生。

[三]卓兒，即曾憲璚。

[四]詠龕，即魯詠龕。

[五]三媳，即趙琨（一八九四—？），曾憲璚妻。

「天青閣經籍永建齋金石書畫俟園松橋」

尺寸　3.9 釐米方印

寶寶楊君以多事佐陶
炷惠者也炷惠託念佾語
公前書為未復由楊君面呈
執已於廳成立當委之
經由託多即
炷惠有請 公作此之件并
由楊君呈上楊芝南京約
五言乃一毫面頁之事不立

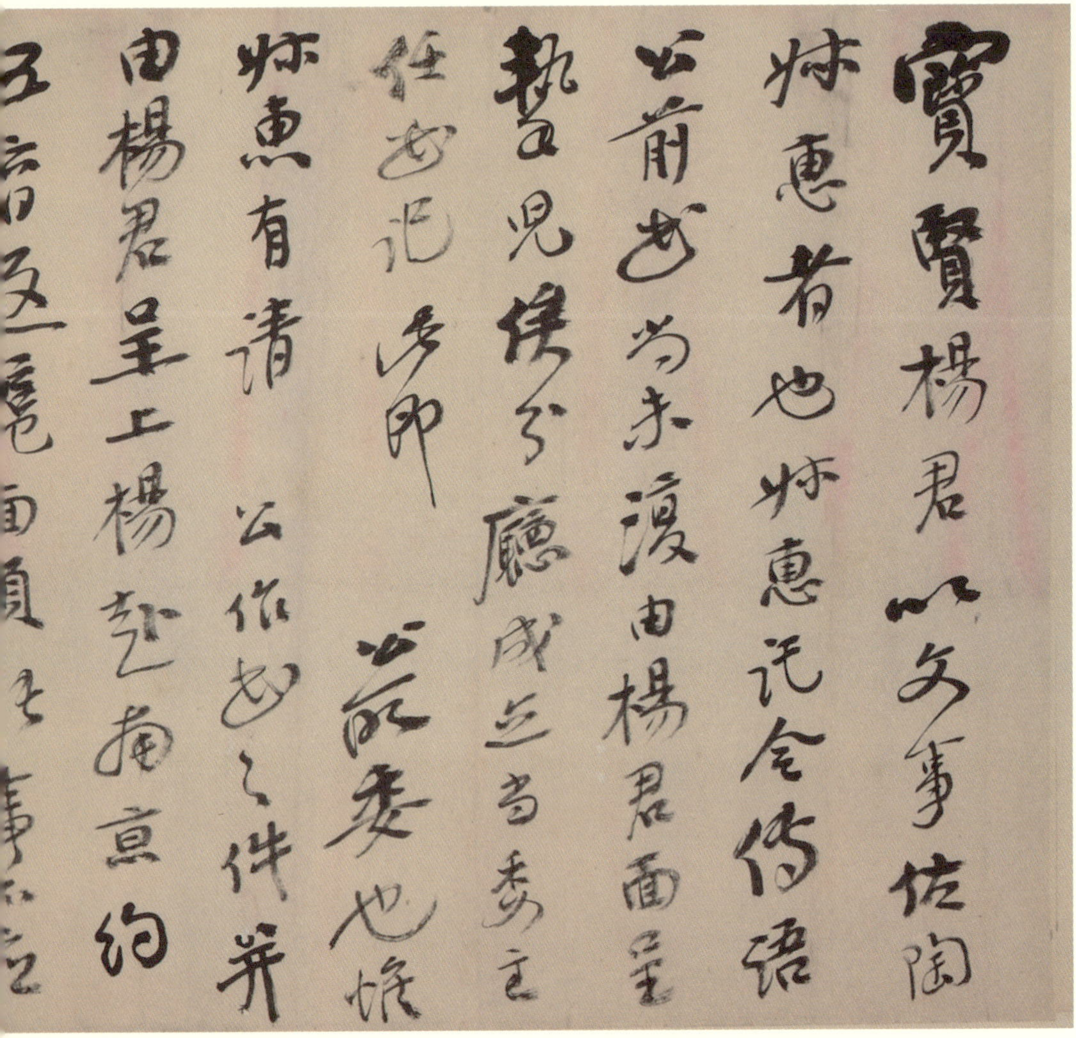

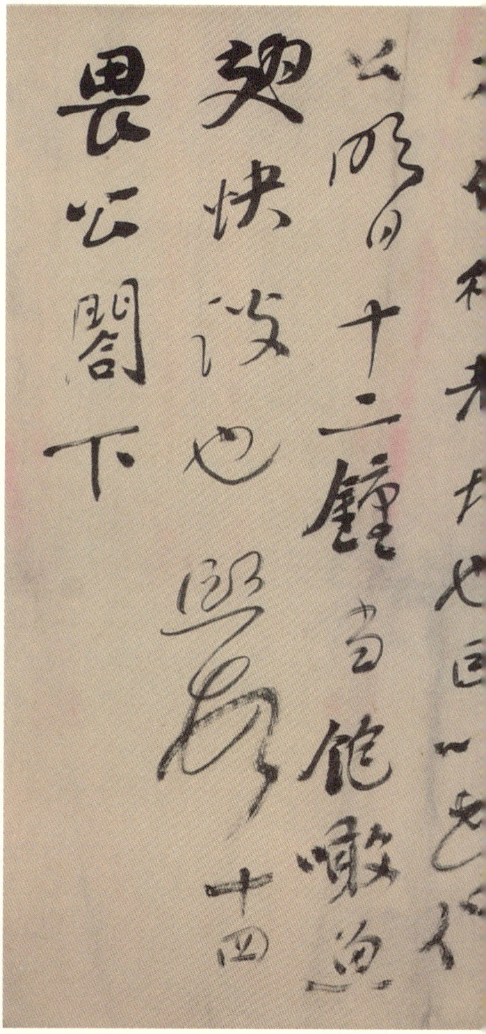

第四十五通　致譚延闓書

寶賢楊君，以文事佐陶叔惠[一]者也，叔惠託令傳語公，前書尚未復，由楊君面呈。摯兒俟分廳成立，當委主任書記，此即公所委也。惟叔惠有請公作書之件，并由楊君呈上。楊赴南京約五六日，返滬面領。能事不應相促，髯老友也，因以書促公。明日十二鐘當飽啖魚翅快談也。

畏公閣下

熙頓首　十四

[一]陶叔惠，生卒年不詳。陶澍曾孫。曾任浙江高等法院院長。

偶寫梅以軸呈上，為新歲之紀事，幸哂之。埶田力來也，昂幣一例還政府，渠可完結，至感。叩頌
祖弟歲安。照頓首 除夕

第四十六通 致譚延闓書 一九二九年

偶寫梅小軸呈上，爲新歲之紀事，幸納之。摯男來書，紙幣一例歸政府，渠可完結，至感！即頌

祖弟歲安

熙頓首 除夕

別第之　世兄志伊從甯來確
探葉軍長之軍醫院出缺正
在訪延人才志伊去歲醫院陸榮
廷之（廿西醫院三年不動）之疾誤從身感之為之甚推
歸確有功效證據乞
第作介紹之函以上校從月二百
餘元然已可以按目前之困苦矣
擬再託趙聶午兄加一函也
請　志伊持函謁韋　總之
目三弟干又…　廿一

第四十七通　致譚延闓書　一九二九年

筠弟之世兄志伊從甯來，確探葉軍長之軍醫出缺，正在訪延人才。志伊去歲醫陸榮廷[一]之足疾（中西醫三年不效），陸終身感之，爲之登報紙，確有功效證據。乞弟作介紹函，以上校位，月二百餘元，如此可以救目前之困苦矣。擬再託趙彝午兄加一函。（志伊侄晋謁，幸納之。）此請

祖庵三弟午安

熙頓首　廿一

[一] 陸榮廷（一八五九—一九二八），原名亞宋，字幹卿，廣西武鳴人。游勇出身，官至廣西提督。武昌起義後，曾任廣西都督。晚年居上海，後移居蘇州。

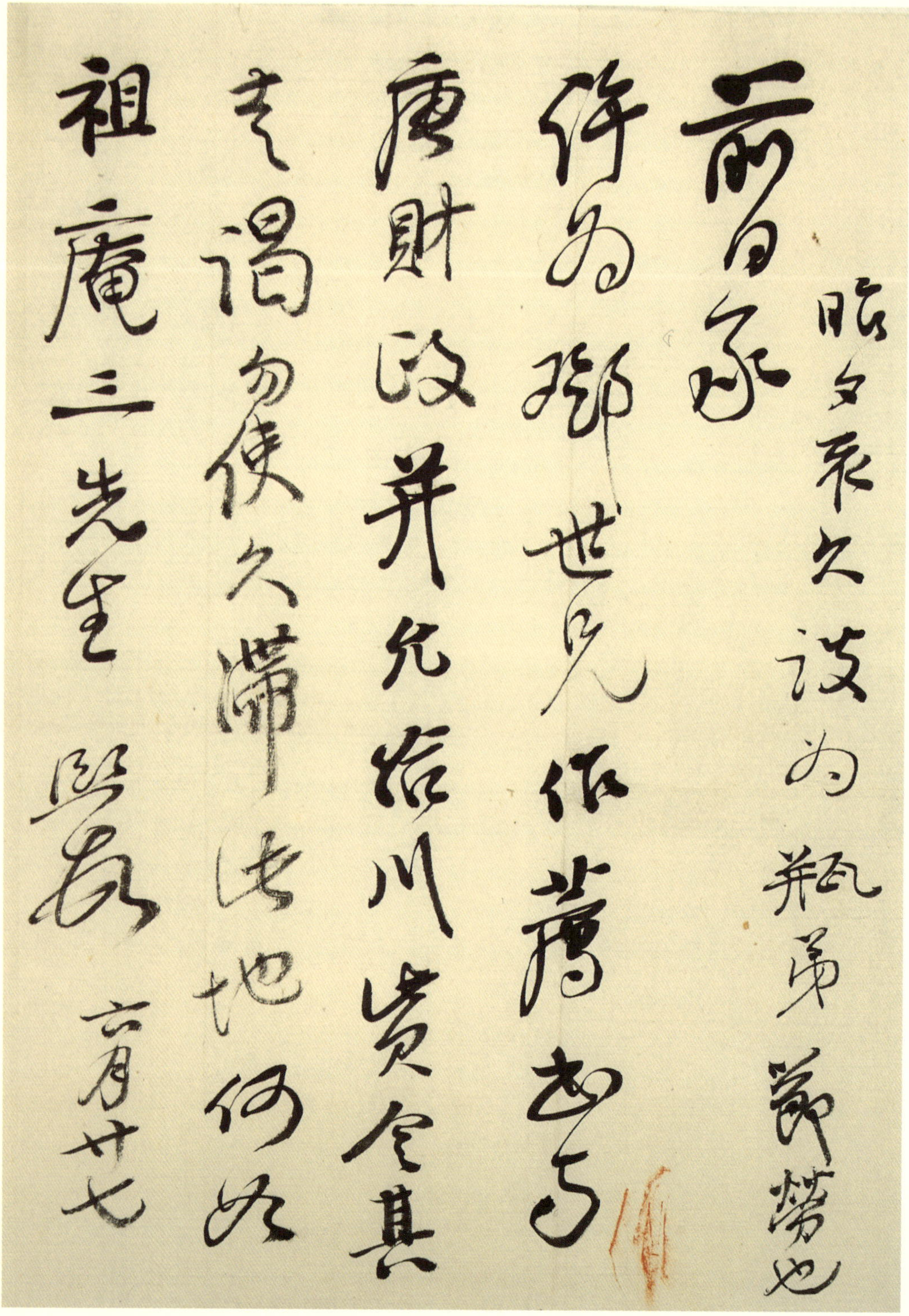

昨夕承久談為歉，并承萬勞也。

兩日承許為鄉世兄作薦書，庚財設并允照川貴令其先謁，勿使久滯也，何如。

祖庵三先生 賢叔

六月廿七

第四十八通　致譚延闓書　一九二九年

前日承許爲鄧世兄[一]作薦書與唐財政，并允給川貲，令其走謁，勿使久滯此地，何如？

祖庵三先生

熙頓首　六月廿七

昨夕不久談，爲瓶弟節勞也。

[一]鄧世兄，即鄧良柟，生卒年不詳。湖南武岡人。鄧彌之孫，鄧幼彌子。

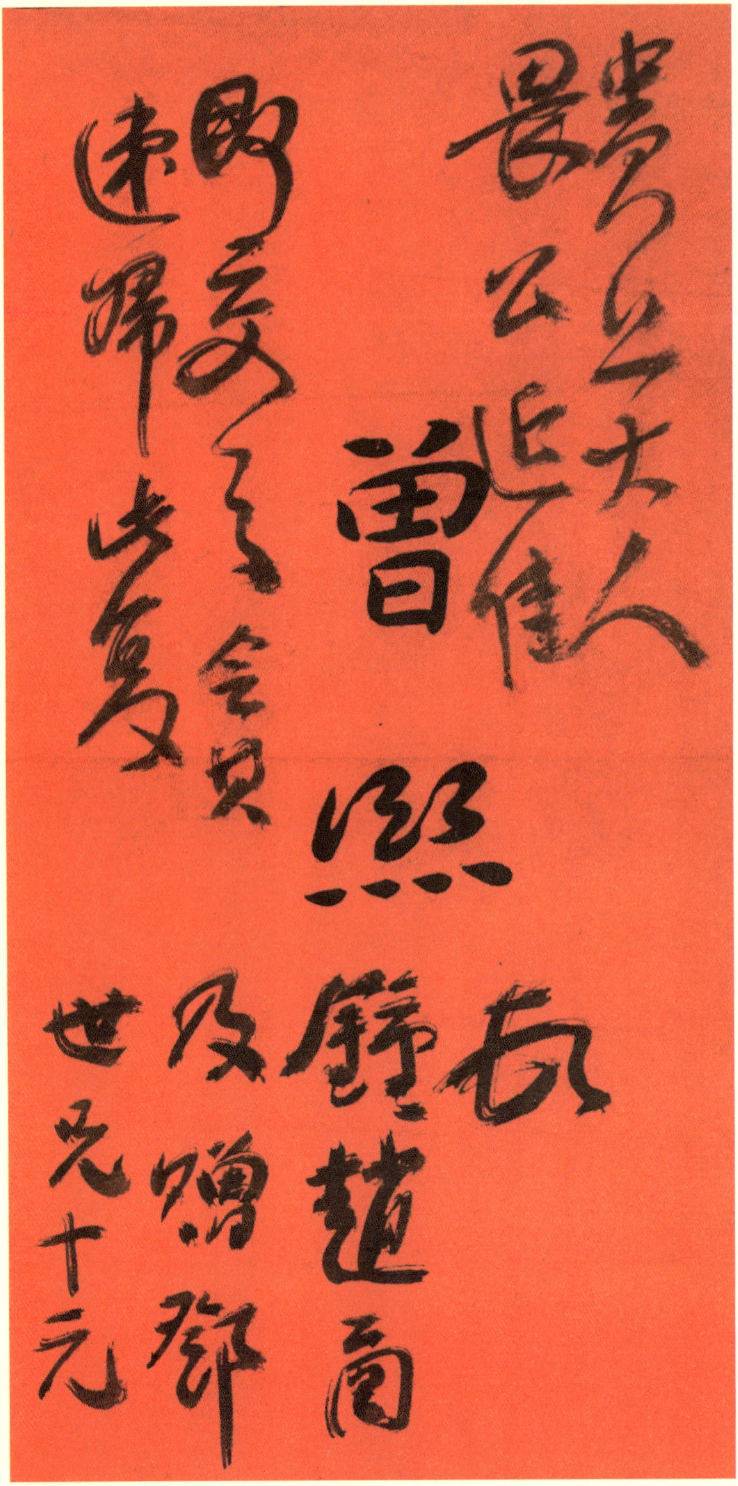

第四十九通　致譚延闓書　一九二九年

鍾[一]、趙[二]函及贈鄧世兄十元，即交之，令其速歸。

此復

貴上大人

畏公近佳

曾熙頓首

[一]鍾，即鍾伯毅（一八八〇—一九六二），名才宏，字伯毅，號槐村、餘園，湖南藍山人。曾任湖南省財政廳廳長。晚年居臺灣。著有《新王道論》《槐村詩草》等。

[二]趙，即趙恒惕。

復後姊松背後一過知
弟急於目睹萬電之氣所
燕追鄭兄眉郎川源詢以
目最不要不何以
隨便置之中詢最有效
清火專治目其他不啟切切
祖庵三弟先生 堅
七月 首

第五十通　致譚延闓書　一九二九年

復後始檢背後一書，知弟忽發目腫，蓋電氣所蒸迫。鄙見宜即服涼藥以清火，專治目（目最緊要，不可隨便置之，中藥最有效），其他不顧，切切。

祖庵三弟先生

熙頓首　七月二日

澤

西并向樂侯墓銘文簡

振有法銘尤包擧萬有

弟不負友兄亦可以慰死友

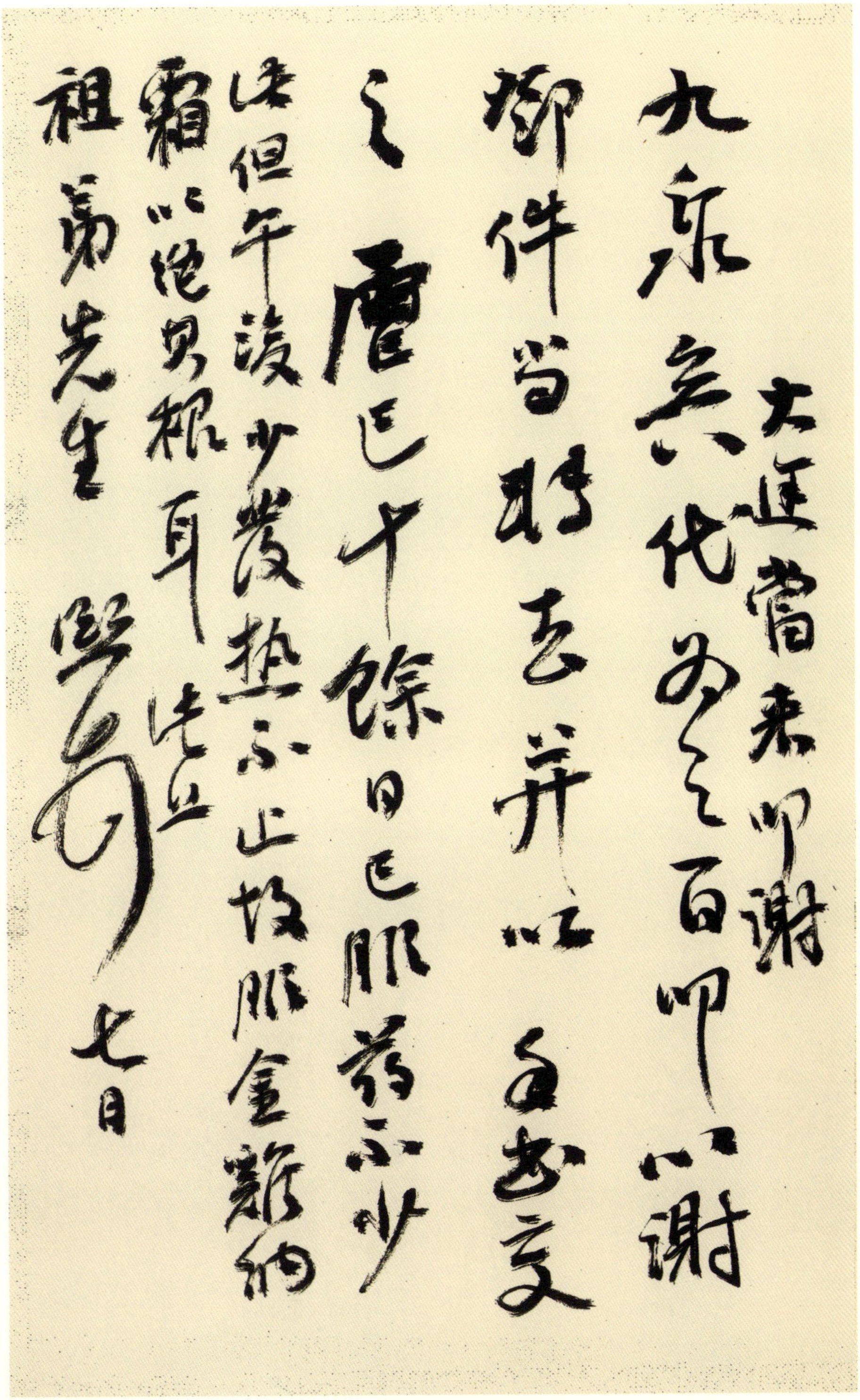
大匡當來叩謝
九承兵代為之百叩以謝
卿件當將去，并以自書文
之。麐臣十餘日臣服藥不少
汗，但午後少發熱不止，故服金鷄納
霜以絕其根耳。
祖𢘑先生 熙泣頓首 七日

第五十一通　致譚延闓書　一九二九年

得書并《向樂叟墓銘》，文簡括有法，銘尤包舉萬有。弟不負友，兄亦可以慰死友九泉矣，代爲之百叩以謝（大廷[一]當來叩謝）。鄧[二]件當轉去，并以手書交之。瘧已十餘日，已服藥不少。此但午後少發熱不止，故服金雞納霜以絶其根耳。此上

祖弟先生

熙頓首　七日

[一] 大廷，即向大廷（一八九九—一九五一），字墨庵，湖南衡山人。向燊長子。留學日本八年，畢業於早稻田大學。歸國後曾任金山縣縣長、厦門市市長。與弟大建、大延均拜入曾熙門下，學習書法及學問。曾李同門會會員。

[二] 鄧，即鄧良枏。

「農髯年六十以後作」

尺寸　3.3釐米方印

近來寒熱之證是所苦當
是陰陽失調昨服桂正大
致誤作寒攻伐已失之矣
弟前日會間坐談良久頗有
笑言勉強之處近精神外

何極念〻〻周湘雲藏有
屬壽西園雅集畫極精來乞
題弟能為熙代作七古一首
否弟七步即成熙將老矣
全髮燃斷亦不能及弟

之一字他日人見所題又將以恐為詩人豈不大可羞耶湘雲藏米瀟湘白雲卷歸寶米堂又月湖藻寶藏也並稱月湖主人 又吳平齋齋

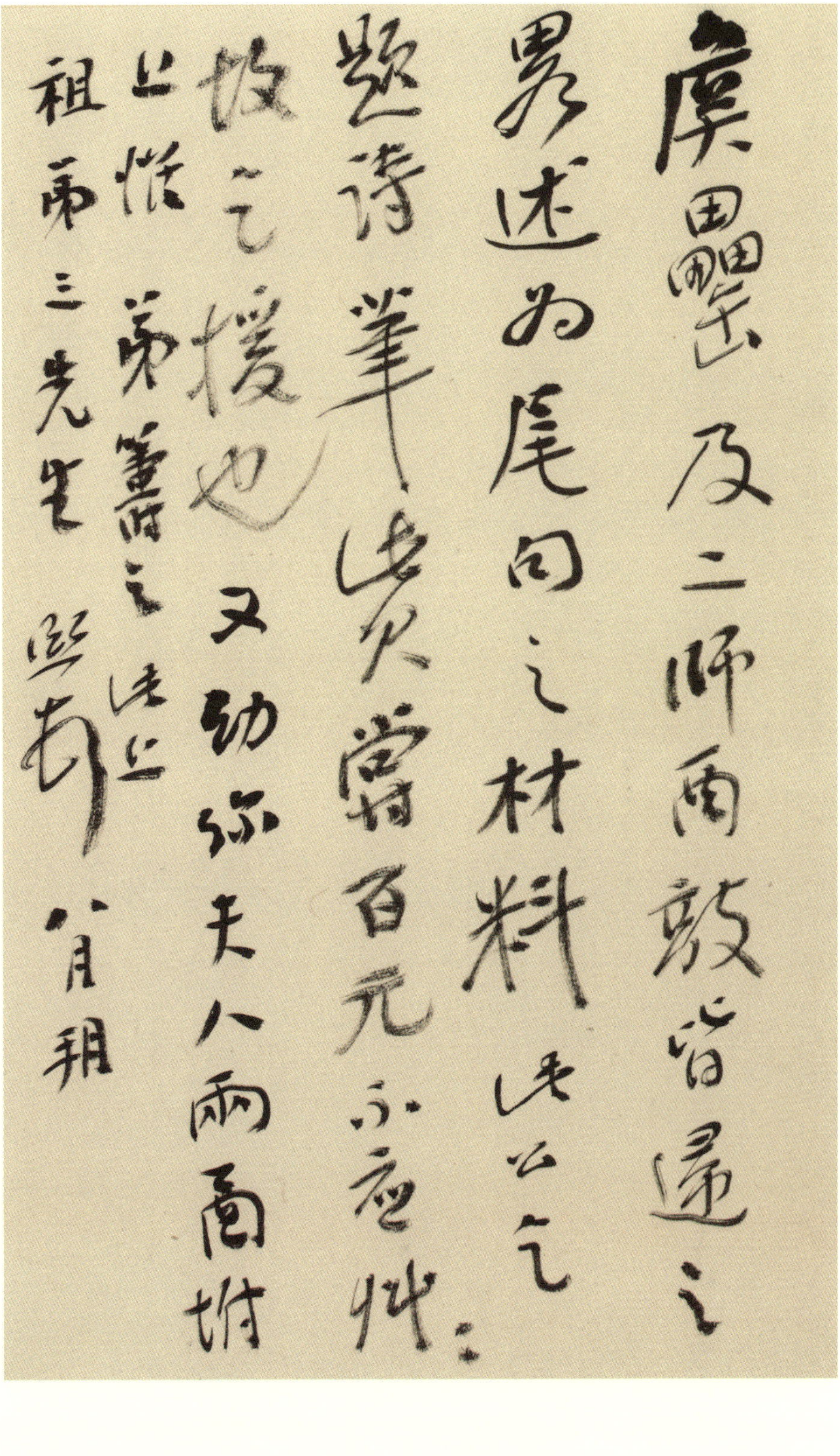
虞罍及二師兩敦皆還之
畀述為尾句之材料候公乞
題詩筆法尤當首元不應然
故乞援也　又幼孫夫人兩函坿
上悚　弟壽之候上
祖安三先生　熙頓　八月朔

第五十二通　致譚延闓書　一九二九年

近來寒熱皆無，所苦當是陰陽失調，昨服桂正大效，誤作瘧，攻代已失之矣。弟前日舍間坐談良久，頗有笑言勉彊之處，近精神如何？極念極念。周湘雲[一]藏有石濤[二]《西園雅集圖》極精，來乞題，弟能爲熙代作七古一首乎？弟七步即成，熙將老髯全數撚斷，亦不能及弟之一字，他日人見所題，又將以熙爲詩人，豈不大可喜耶！湘雲藏小米[三]《瀟湘白雲圖》，號寶米室；又月湖築室藏書畫，稱月湖主人；又吴平齋[四]齊侯罍及二師西敦皆歸之，略述爲尾句之材料。此公乞題詩，筆貲嘗百元，不應艸艸，故乞援也。又幼彌夫人[五]兩函坿上，惟弟籌之。此上

祖弟三先生

熙頓首　八月朔

[一] 周湘雲（一八七八—一九四三），名鴻孫，號雪盦，浙江寧波人。上海灘房地産大亨、著名的收藏家，藏品以青銅器及書畫爲最精。

[二] 石濤（約一六四二—一七〇八），原姓朱，名若極，字阿長，別號大滌子、清湘老人、苦瓜和尚，法號有元濟、原濟等。廣西桂林人，祖籍安徽鳳陽。明末清初著名畫家。與弘仁、髡殘、朱耷合稱「清初四僧」。《西園雅集圖》现藏上海博物馆。

[三] 小米，即米友仁（一〇七四—一一五三），字元暉，晚號懶拙老人。山西太原人，定居潤州（今江蘇鎮江）。南宋書畫家，系北宋

畫家米芾長子，世稱「小米」。

［四］吴平齋，即吴雲（一八一一—一八八三），字少甫，號平齋，晚號退樓主人，别署愉庭，室名二百蘭亭齋。清末著名收藏家、書畫家。舉人，曾任蘇州知府。有《兩罍軒彝器圖釋》《二百蘭亭齋金石三種》傳世。

［五］幼彌，即鄧幼彌（一八六〇—一九二九），原名國巘，字淦，爲鄧彌之胞弟葆之第二子，因從小過繼給彌之爲子，故改字幼彌。王闓運弟子。夫人即王闓運長女王無非。

手卷共卷收
萬少有示諭慎勿下筆
切囑西壁平屋配壁戲
祖安三哥 孟頫
八月三日

第五十三通　致譚延闓書　一九二九年

手書悉，卷子收。弟少有不適，慎勿下筆，切屬切屬。血壓平否？即告我。

祖安三弟

熙頓首　八月三日

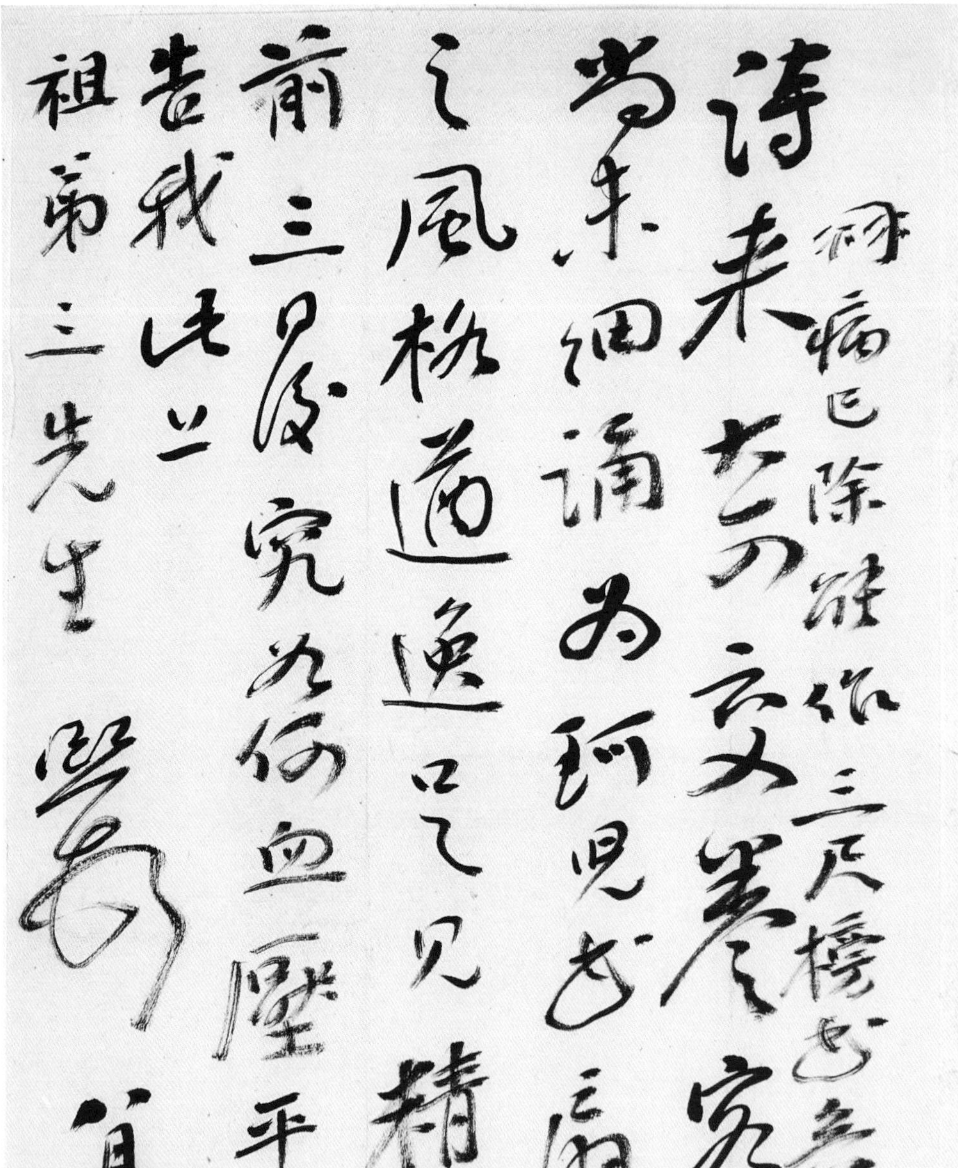
詩來 研病臣陳維作三尺樓也無并告
老夫文墨家滿坐
當來細論爲所見者扇筆
之風格爲遒逸可見精神爲
前三月究竟何如血壁平不乞
告我 此以
祖弟三先生
月三日

第五十四通　致譚延闓書　一九二九年

詩來，大可交卷，客滿坐尚未細誦。（髯病已除，能作三尺榜書矣，并告）。爲珂兒書扇，筆之風格遒逸，足見精神如前。三日後究如何？血壓平否？乞告我。此上

祖弟三先生

熙頓首　八月三日

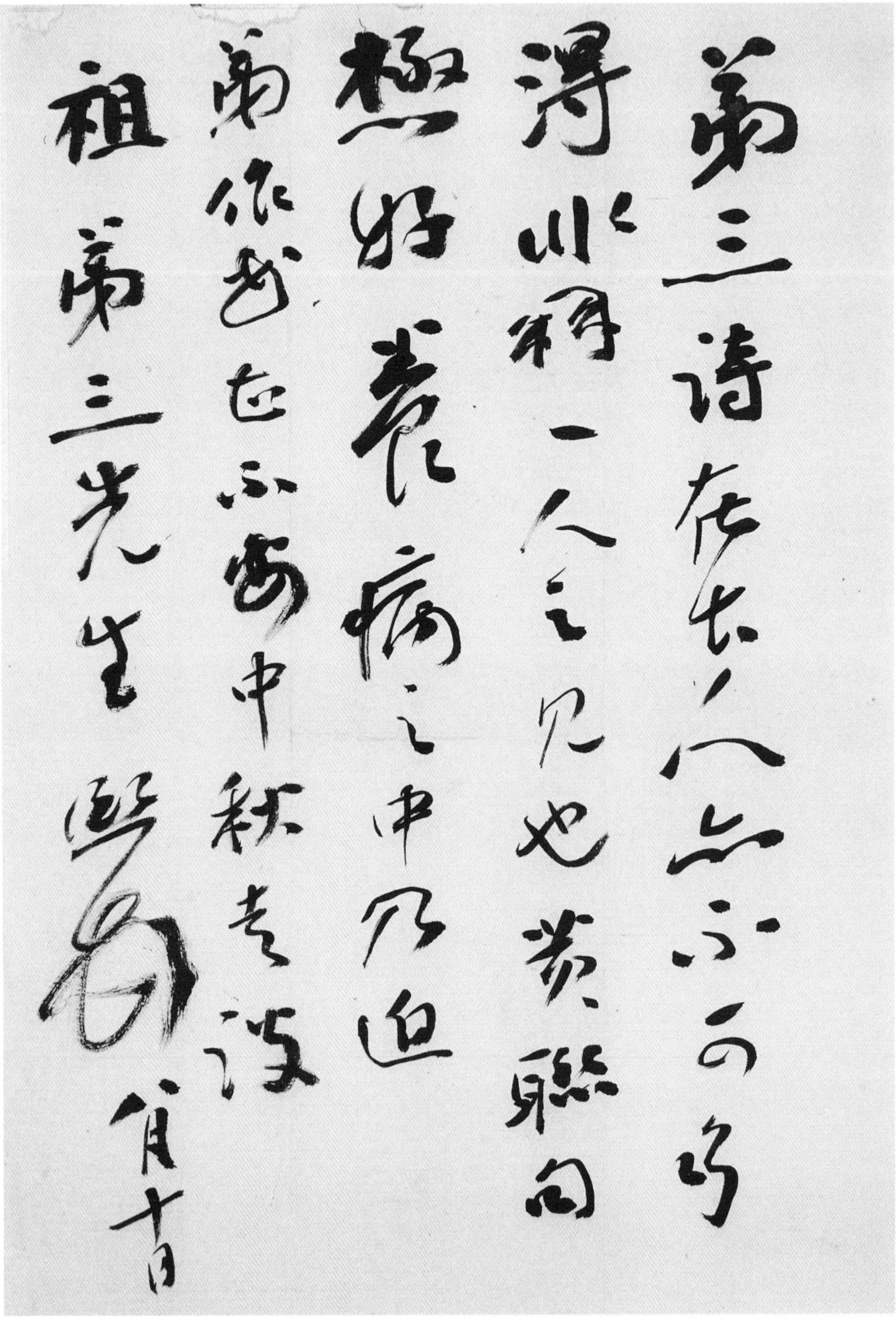

弟三詩在長人亦不可及
得此稱一人之見也若聯句
極好養病之中乃迫
弟作也極不安中秋告設
祖弟三先生 [illegible] 八月十日

第五十五通　致譚延闓書　一九二九年

弟三詩在古人亦不可多得，非髯一人之見也。黃聯句極好。養病之中乃迫弟作書，甚不安。中秋走談。

祖弟三先生

熙頓首　八月十日

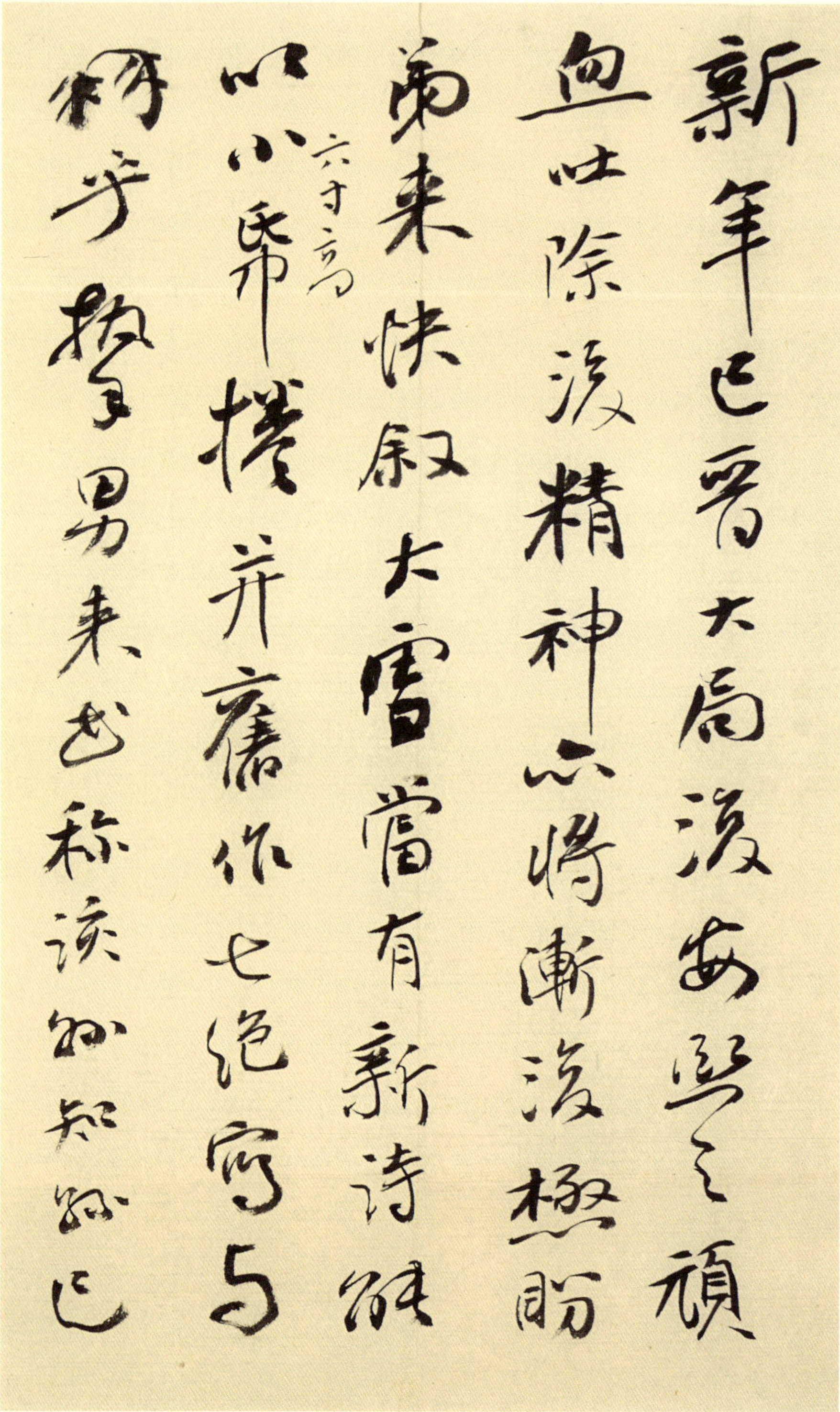
新年已晤大局後安與之頎
血吐除後精神亦將漸復極盼
弟來快敘大雷當有新詩紙
以小帋（六寸方高）横并廣作七絕寫与
釋手擊男來也稱談如知如已

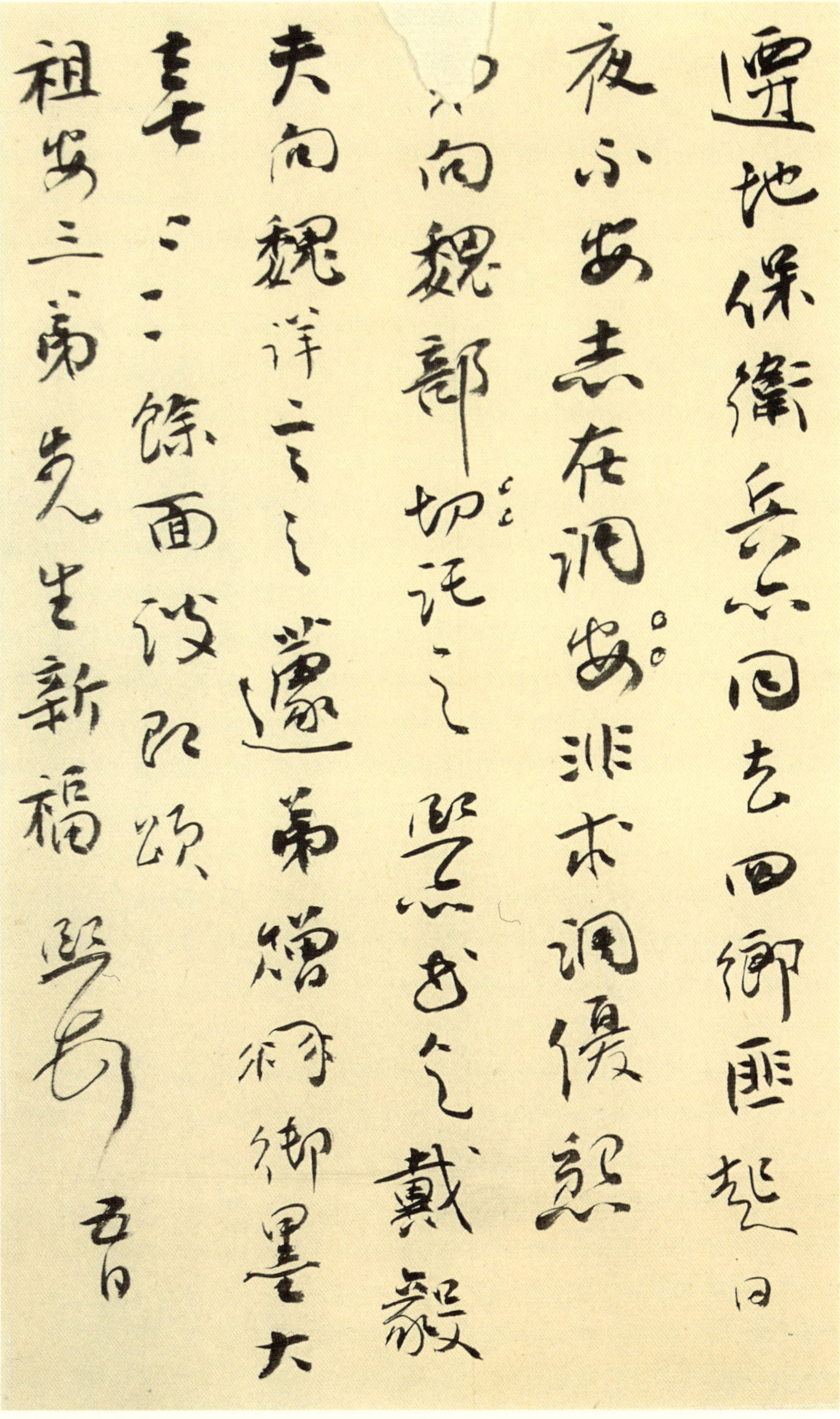

還地保衛兵忽回老田鄉匪起，日夜不安。志在洞安，非本洞優恕之。向魏部切切託之。熙甚乞戴毅夫向魏詳言之。還弟贈不御墨，大喜大喜。餘面談。即頌

祖安三弟先生新禧

熙頓首 五日

第五十六通　致譚延闓書　一九二九年

新年已晋，大局復安。熙之頑血吐除後，精神亦將漸復，極盼弟來快叙。大雪當有新詩，能以小紙捲（六寸高）并舊作七絶寫與髯乎？摯男來書，稱該縣知縣已遷地，保衛兵亦同去，四鄉匪起，日夜不安，志在調安，非求調優，懇弟向魏部切託之。熙亦書乞戴毅夫向魏詳言之。蘧弟[一]贈髯御墨，大喜大喜。餘面談。即頌

祖安三弟先生新福

熙頓首　五日

[一] 蘧弟，即吕蘧生。

「髯翁七十以後作」

尺寸　2.8 釐米方印

適發函後　令季子持
蒙函并至寫七絕冊子十六開
病後得此快慰不可言狀但癸
甲二歲所作識者　蒙言不疑
滿所欲他日有眼當幸為仍作寫

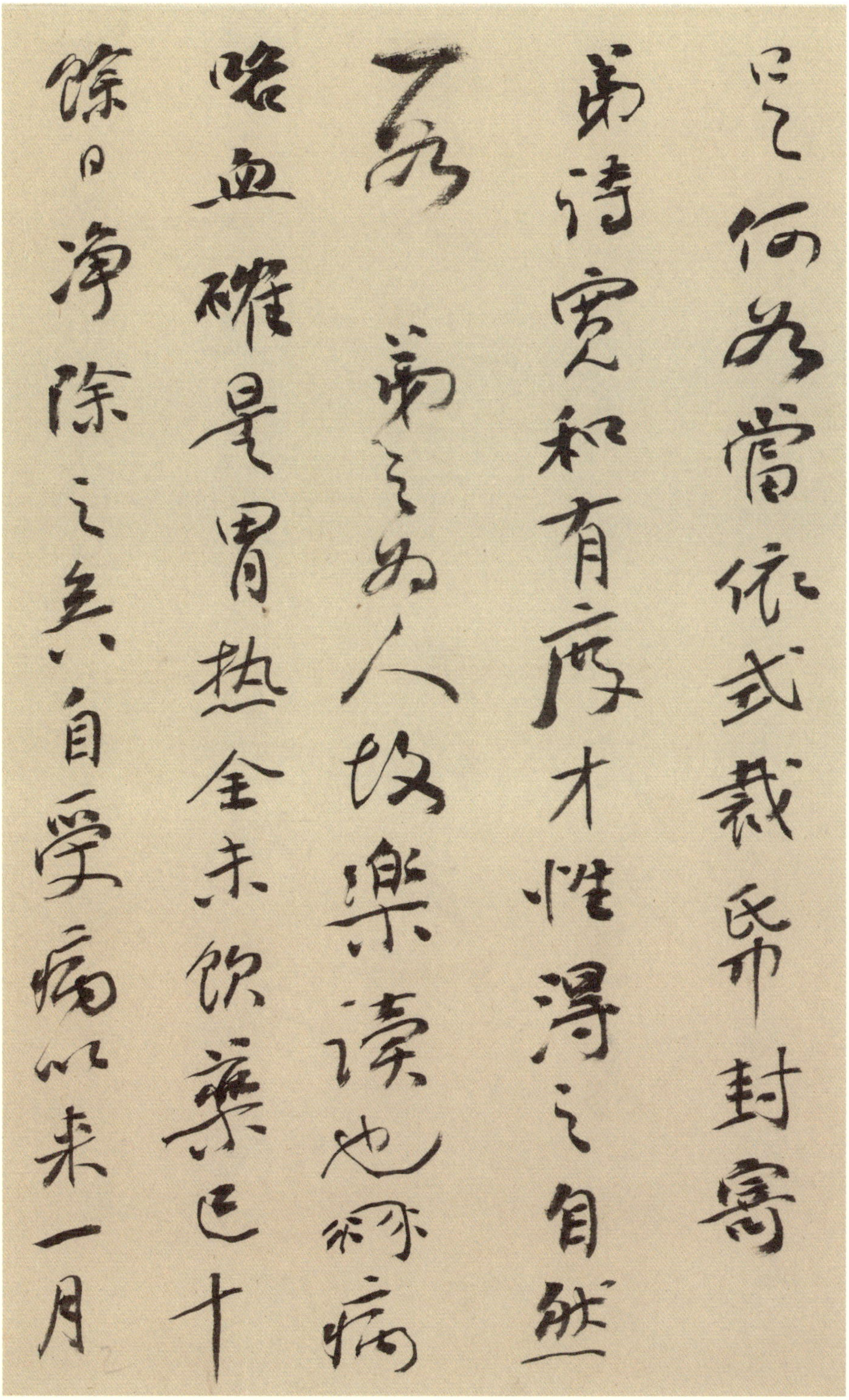

已已何為當依式裁帋封寄
弟詩實和有序才性得之自然
丁為　弟之為人故樂讀也熙病
咯血礙是胃熱全未飲藥近十
餘日淨除之矣自學痛以來一月

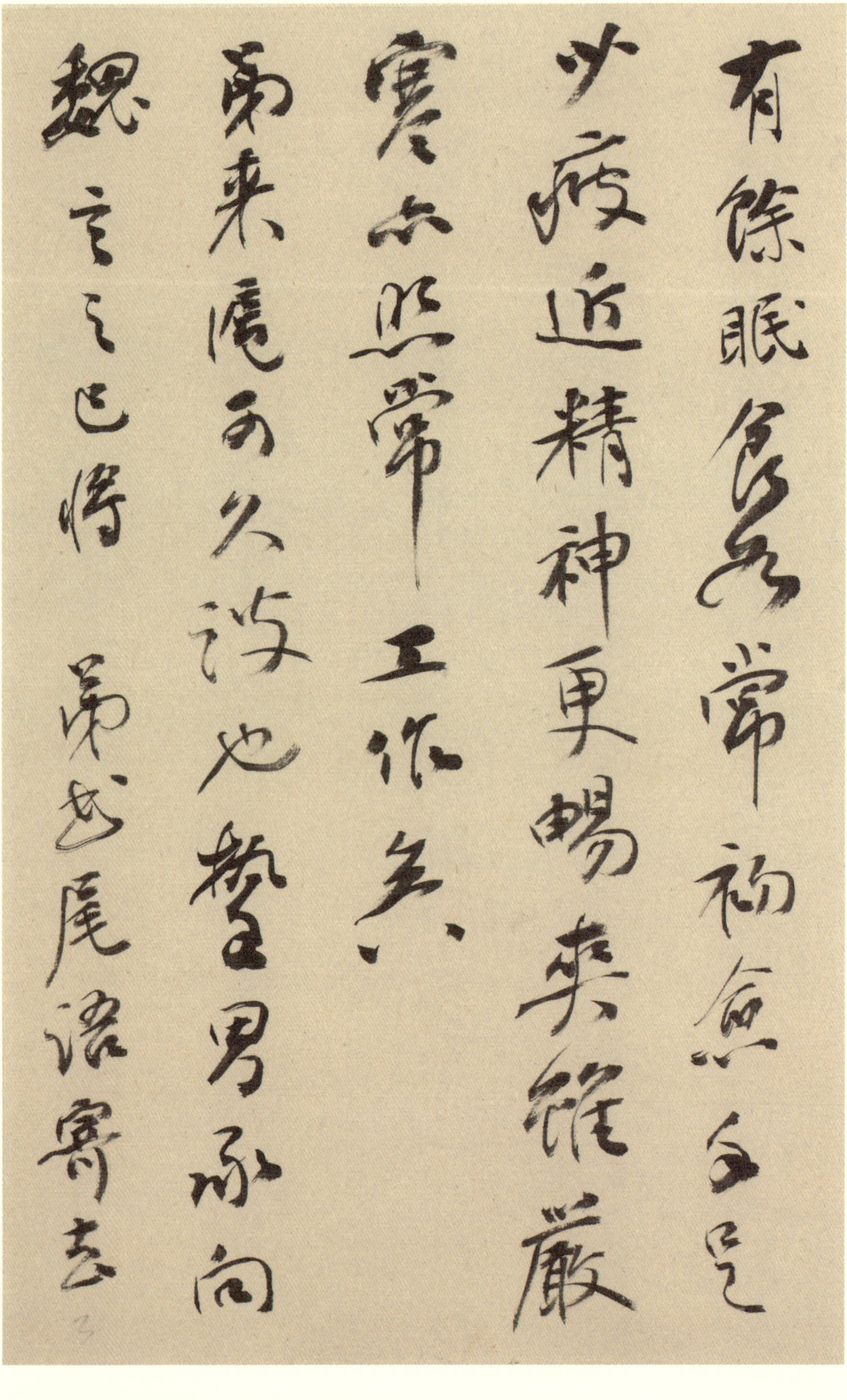
有餘眠食常祈愈念己
少疲近精神更暢爽維嚴
寒亦照常工作矣
爾來應可久談也勢男承向
魏言之已悉
萬里尾語寄書

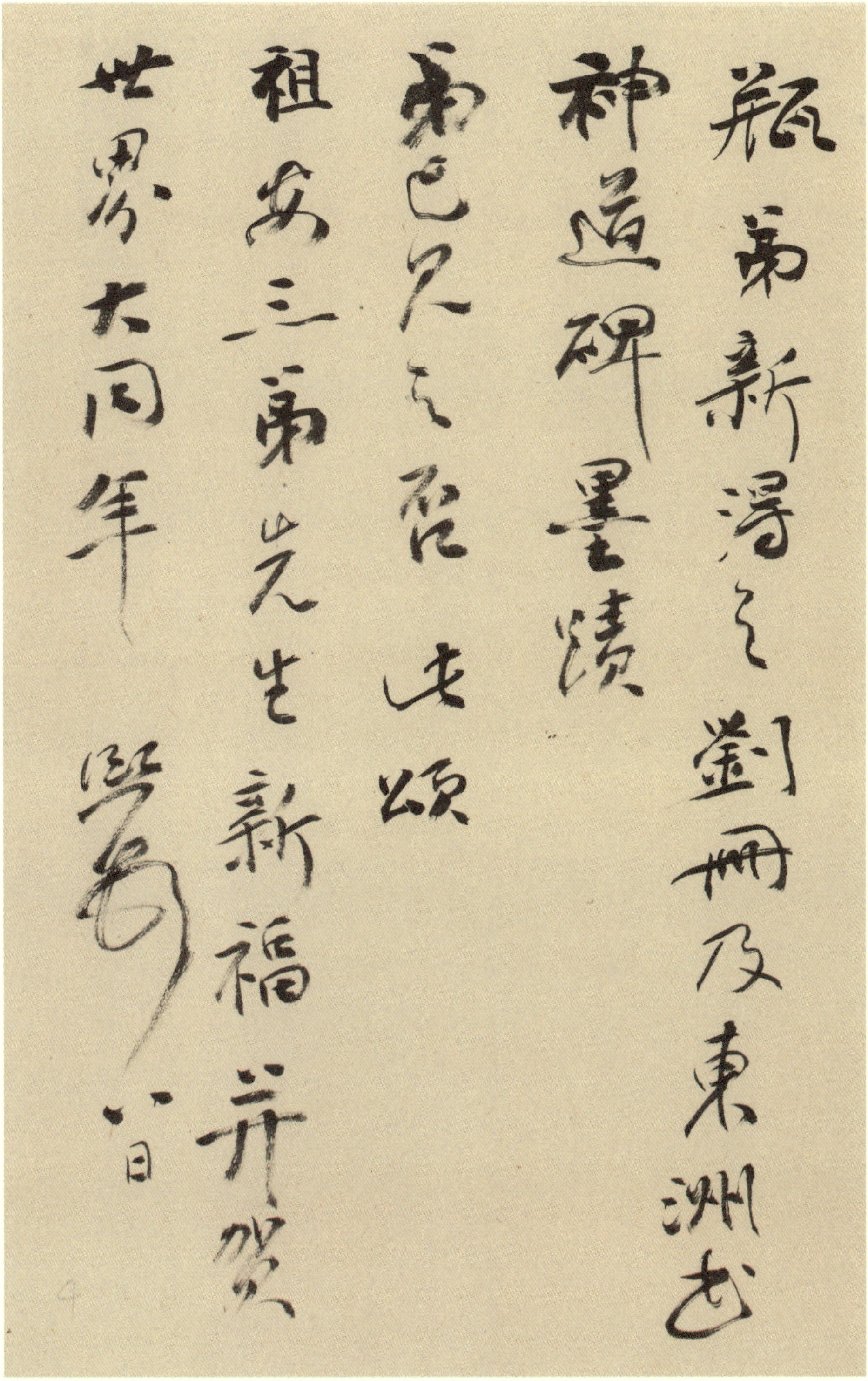

瓶弟新得之劉冊及東洲書
神道碑墨蹟
弟已見之照去頌
祖安三弟先生新福并賀
世界大同年
熙頓首 八日

第五十七通　致譚延闓書　一九二九年

適發函後，令季子[一]持弟函并手寫七絶册子十六紙。病後得此，快慰不可言狀。但癸、甲二歲所作，誠如弟言，不能滿所欲。他日有暇，尚幸爲髯寫足何如？當依式裁紙封寄。弟詩寬和有度，才性得之自然，一如弟之爲人，故樂讀也。髯病咯血，確是胃熱，全未飲藥，已十餘日，净除之矣。自受病以來一月有餘，眠食如常。初愈，手足少疲，近精神更暢爽，雖嚴寒亦照常工作矣。弟來滬可久談也。摯男承向魏言之，已將弟書尾語寄去。瓶弟新得之劉[二]册及東洲[三]書神道碑墨蹟，弟已見之否？此頌祖安三弟先生新福，并頌世界大同年

熙頓首　八日

[一] 季子，即譚弼（一九一〇—一九八一），字季甫，湖南茶陵人。譚延闓兒子。曾先後任臺灣造船及金屬礦業公司董事長。夫人曾昭楣。

[二] 劉，即劉墉。

[三] 東洲，即何紹基。

「龍跳虎臥」

尺寸　3.9釐米方印

前辱
我兄為撰 說頃極感此將
弟我另封寄去中央研究院是因為弟物
弟未經寓時文下內子安封固藏
之跋語文五弟
弟兄知標題獨新也昨有南

第五十八通　致譚延闓書　一九三〇年

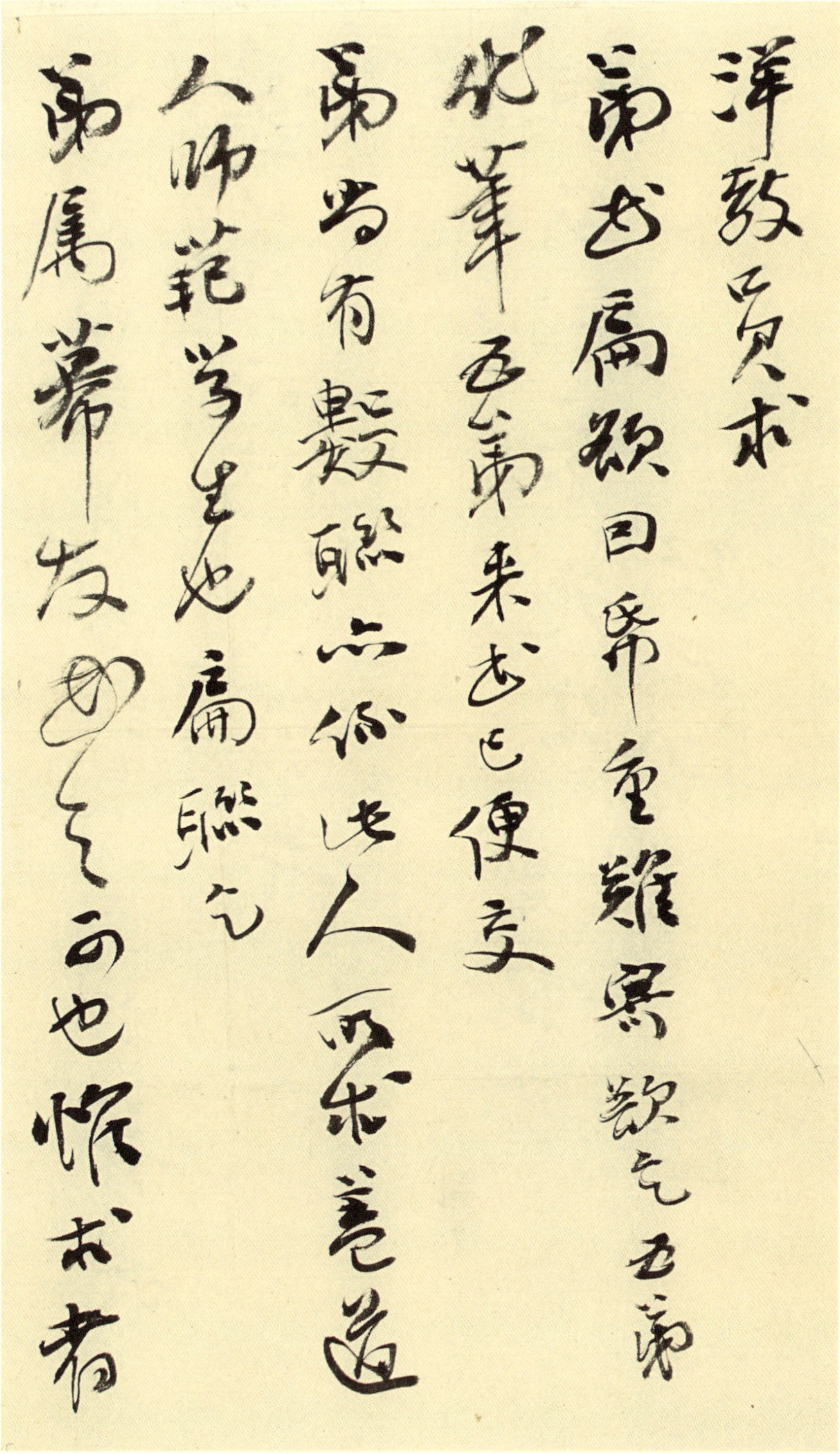

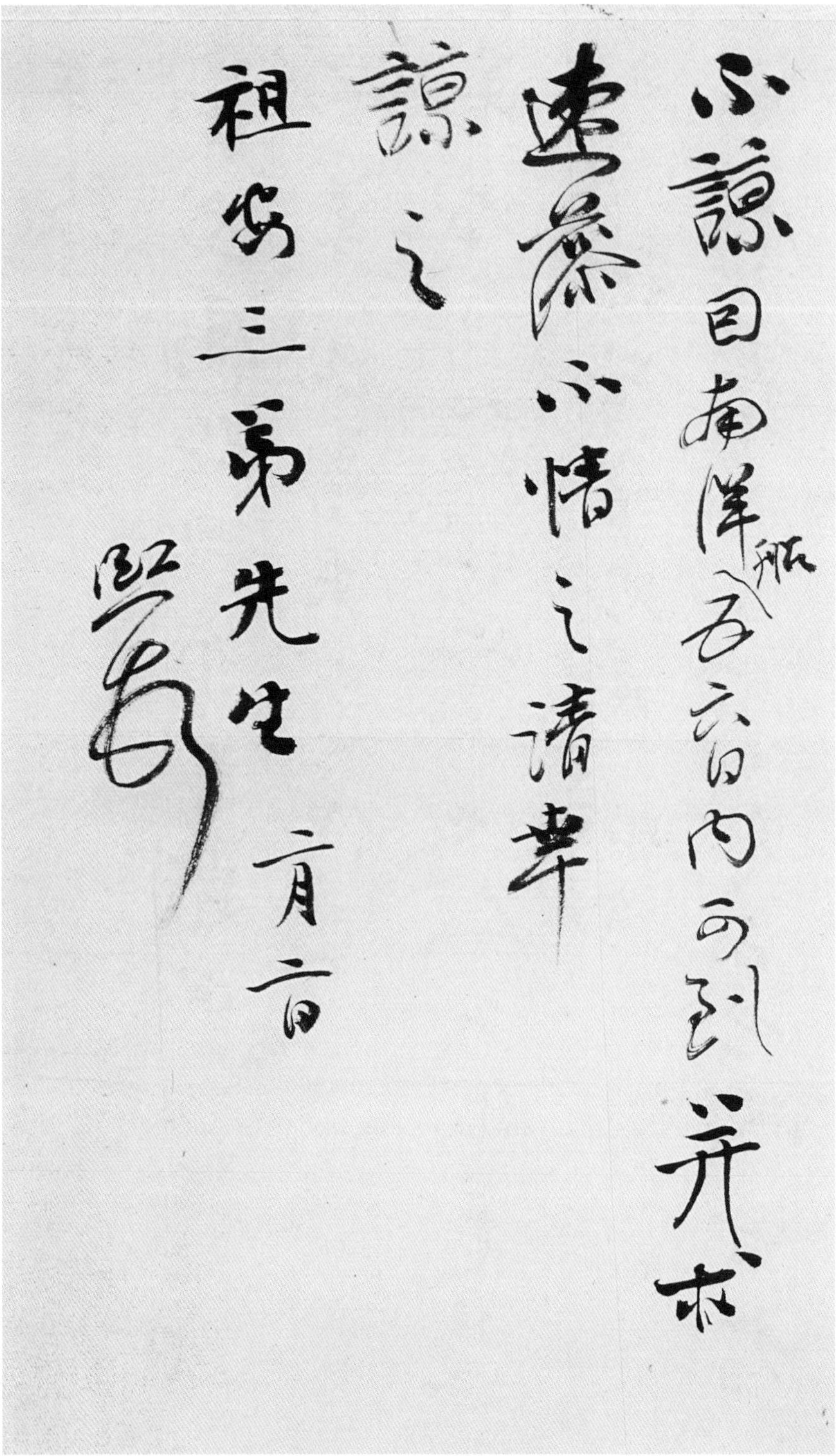

示諒回南洋紙函今日內可到并求
速發示情之請準
諒之
祖安三弟先生　六月六日
[illegible]

第五十八通　致譚延闓書　一九三〇年

前得書，允爲摯[一]説項，極感。比將弟書另封寄去。《中興頌》尚是弟未往粤時交下，内子[二]妥封固藏之（因爲弟物），跋好交五弟，弟見知褾紙猶新也。昨有南洋教員求弟書扁額，因紙重難寄，欲乞五弟代筆，五弟來書已便交弟。尚有數聯，亦係此人所求，蓋道人師範學生也。扁、聯乞弟屬幕友書之可也。惟求者不諒，因南洋船五六日内可到，并求速藻，不情之請幸諒之。

祖安三弟先生

熙頓首　二月二

[一] 摯，即曾憲璵。

[二] 内子，即萬氏（一八六九—一九五〇），誥封夫人。曾熙繼配。

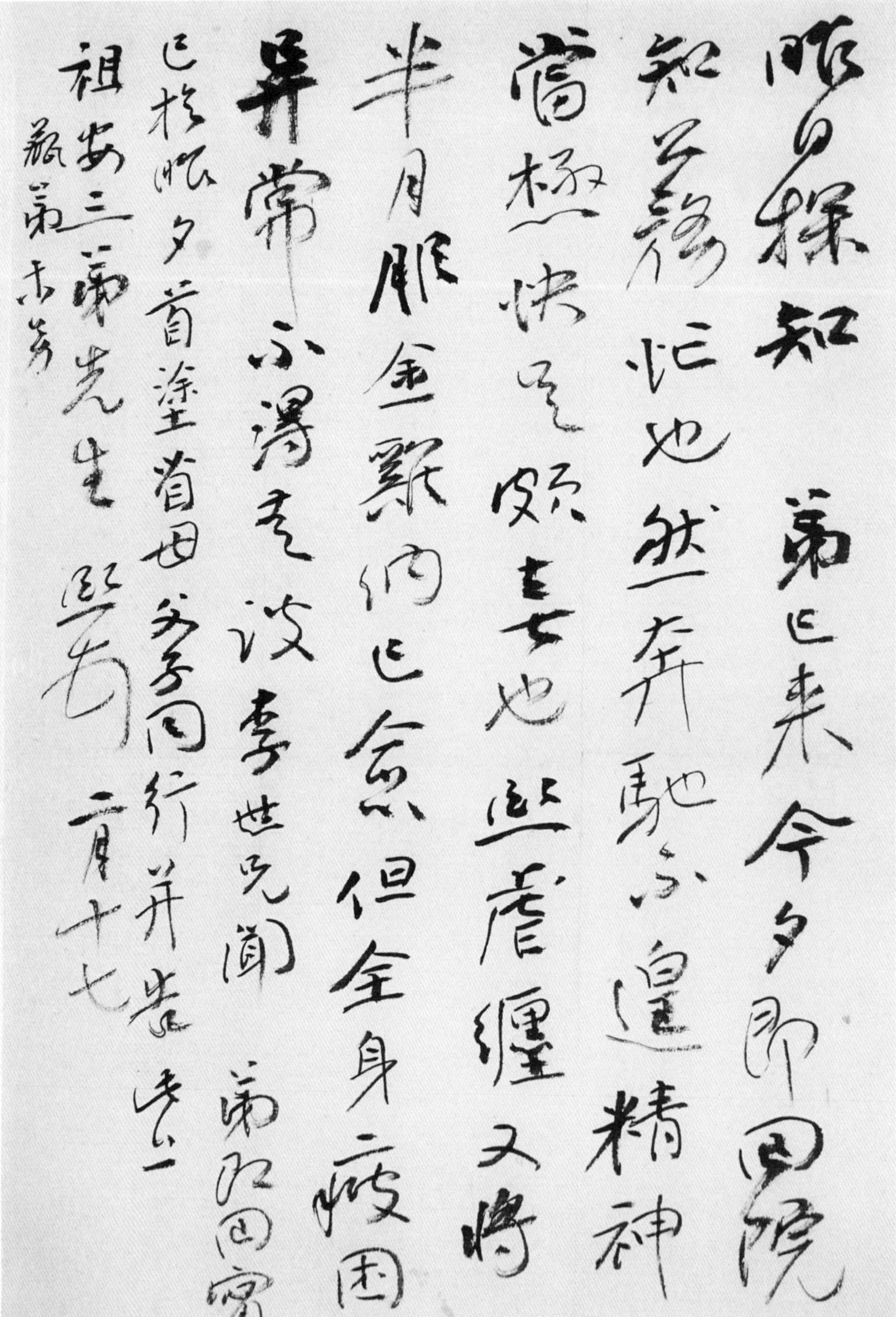

昨夕探知
弟已來今夕即回院
知兄務忙也然奔馳不遑精神
當極快足[illegible]妻也然蒼纏文將
半月[illegible]金[illegible][illegible]已念但全身二[illegible]困
異常不得[illegible][illegible]李世兄聞　弟明日回寓
已於昨夕首途[illegible]因[illegible][illegible]同行并告[illegible]一
祖安三弟先生　[illegible]首　二月十七
[illegible]弟[illegible][illegible]

第五十九通　致譚延闓書　一九三〇年

昨日探知弟已來，今夕即回院，知公務忙也。然奔馳不遑，精神當極快足，頗喜也。熙瘧纏又將半月，服金雞納已愈，但全身疲困異常，不得走談。李世兄[一]聞弟即回甯，已於昨夕首塗省母，父子同行，并告。此上

祖安三弟先生

熙頓首　二月十七

瓶弟未另。

[一]李世兄，即李志鵬，生卒年不詳，江西臨川人。李瑞奇子。曾熙贈二萬元送至德國學醫，獲得醫學博士學位。歸國後在上海開設診所。

滬寓一切
弟之神志亦完足玉慰也
執男承
弟強起親郡長聞此事更
惆悵不能吾便中再提及之
乎大股匪雖遠然如暑阮從
保薦團九十七去必匪竊發夜
常不安其勢亦必然耳
兩切切之謀任詢

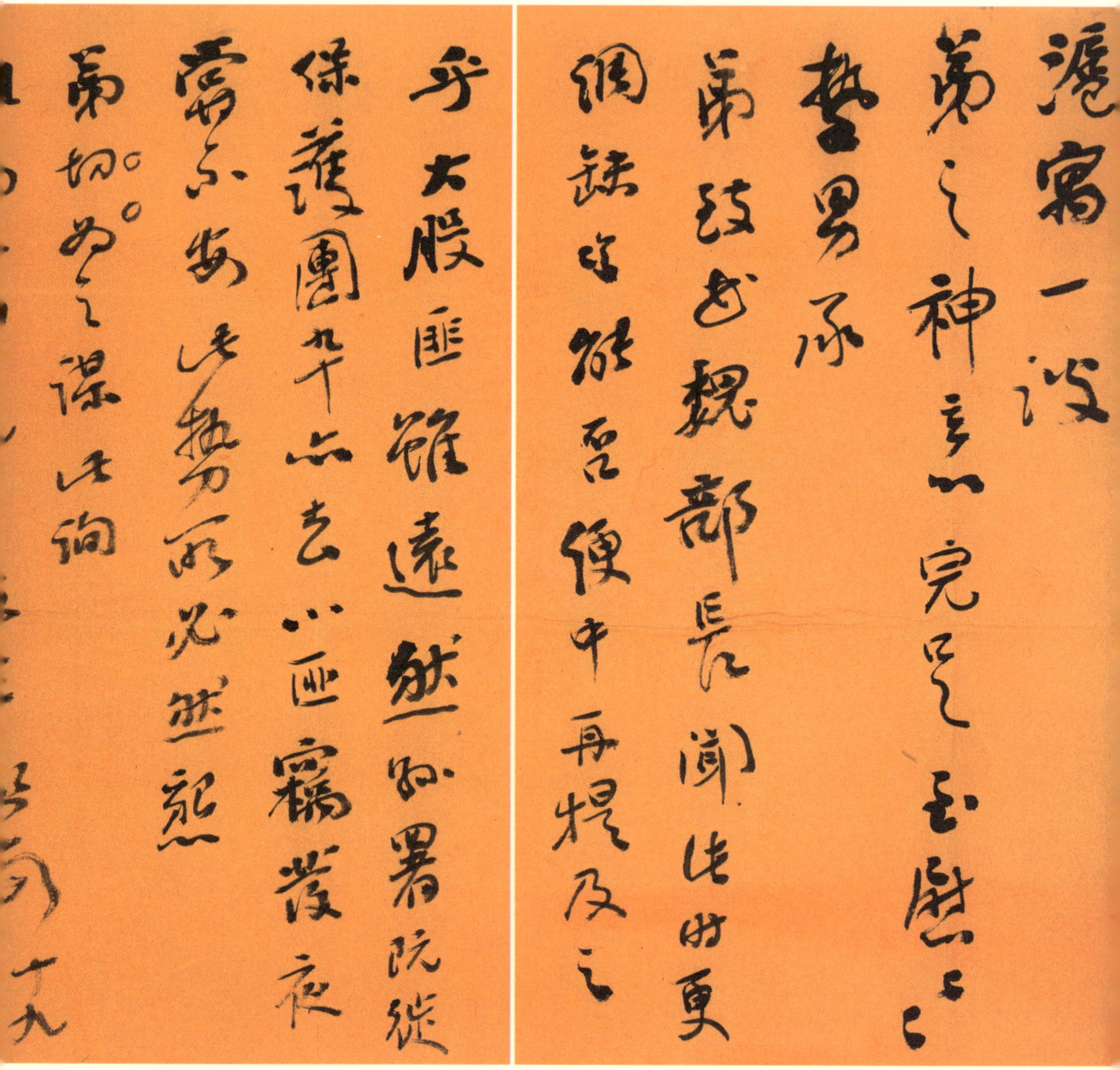

第六十通　致譚延闓書　一九三〇年

滬寓一談，弟之神意完足，至慰至慰。摯男承弟致書魏部長，聞此時更調缺多，能否便中再提及之乎？大股匪雖遠，然縣署既徙，保護團卒亦去，小匪竊發，夜嘗不安，此勢所必然，懇弟切爲之謀。此詢

祖安三弟先生近佳

熙頓首　十九

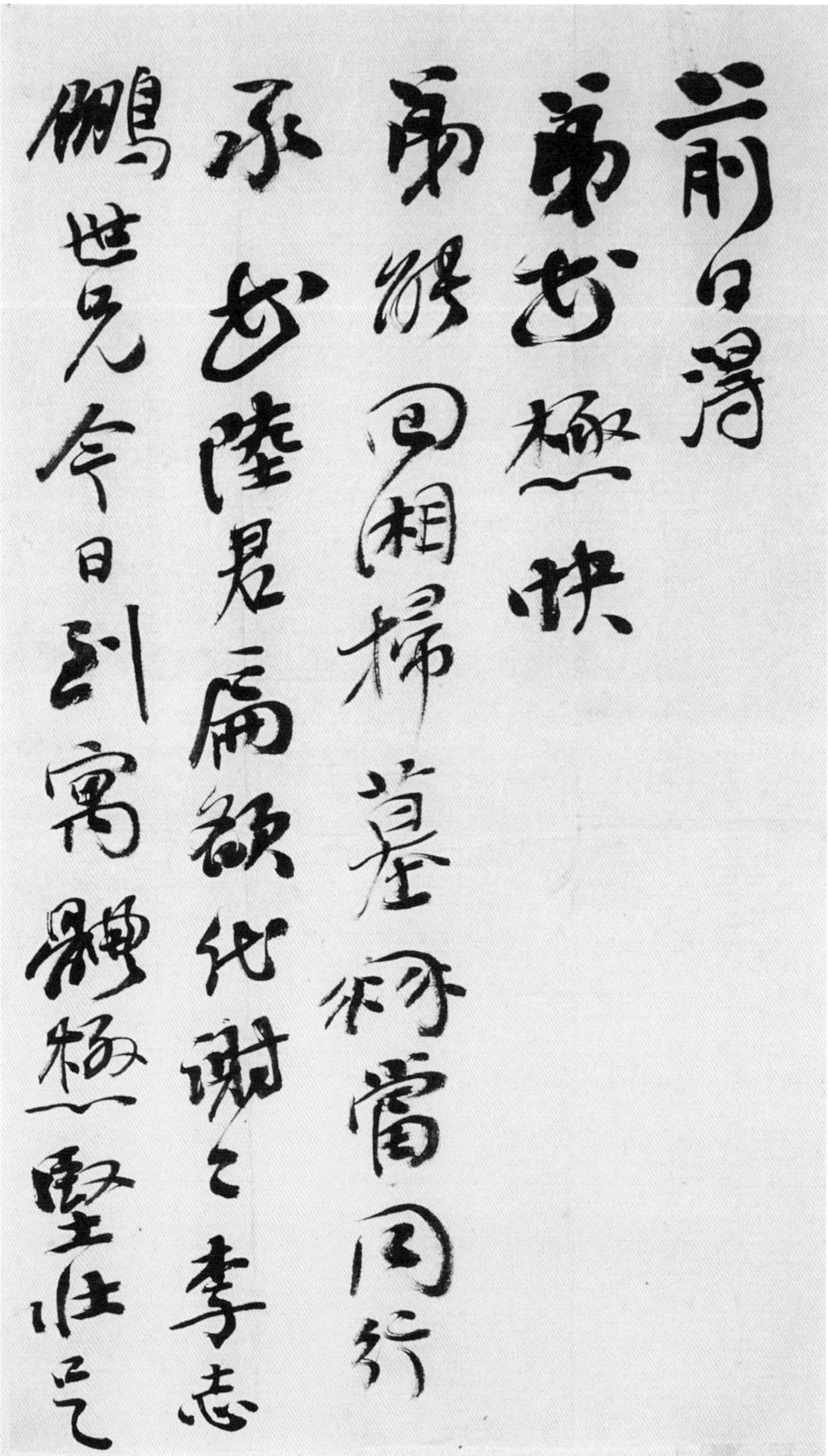
前日得
尊書，極快。
尊體因相掃墓，可不當同行。
承書陸君扁額，代謝之。李志
鵬世兄今日到寓，精神極堅壯之。

欠衛生之有益也 熙因瘧疾後
發已五旬 渠云即去秋根株未除
淨至春又發 當為我淨除之 不
日即詣 弟問病 弟以節勞
為第一要義 以詢
祖安三弟先生近佳 熙 十二

第六十一通　致譚延闓書　一九三〇年

前日得弟書，極快。弟能回湘掃墓，髯當同行。承書陸君扁額，代謝謝。李志鵬世兄今日到寓，體極堅壯，足見衛生之有益也。熙因瘧疾復發已五六日，渠云即去秋根株未除净，至春又發，當爲我净除之。不日即詣弟問病。弟以節勞爲第一要義。即詢

祖安三弟先生近佳

熙頓首　十二

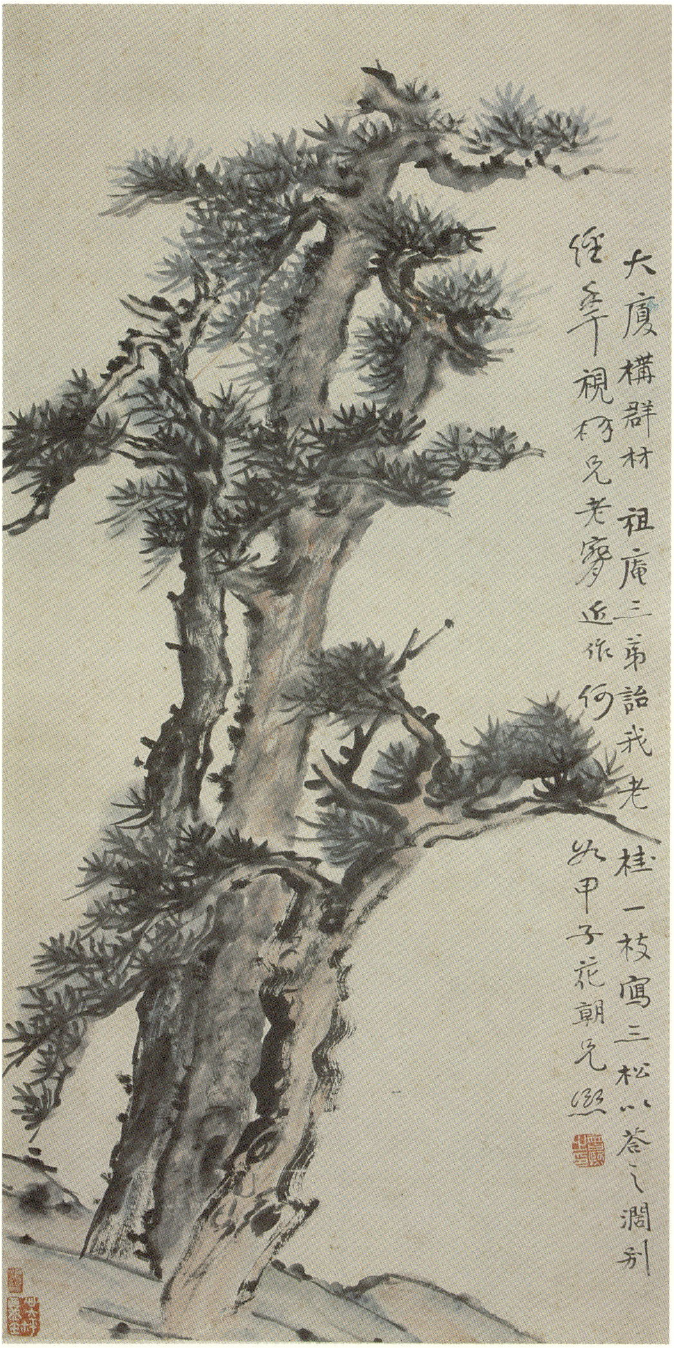
大廈構群材 祖庵三弟詒我老桂一枝寫三松以荅之濶別
經年覩物兄老寥近作何如 甲子花朝兄熙

曾熙赠谭延闿三松图

祖安三兄先生以見瓶齋
前塵集
手跡中興頌碑有損補之
筆然碑是明拓碑在吾相
然老輩流傳必無一善本

殊憾事也遐庵後文漫因天
時少感風寒六日以來精神頓
暢然糾纏七月有餘矣
弟注射後如何志鵬醫學院
爲而誠篤尤可愛李家子弟

嘗推第一人惟近時來滬行
醫自是正辦所苦目下最少
須三千以千節安也盡典質書畫
矣未識同濟能無就一館否又
聞滬甯滬杭皆設有官醫能

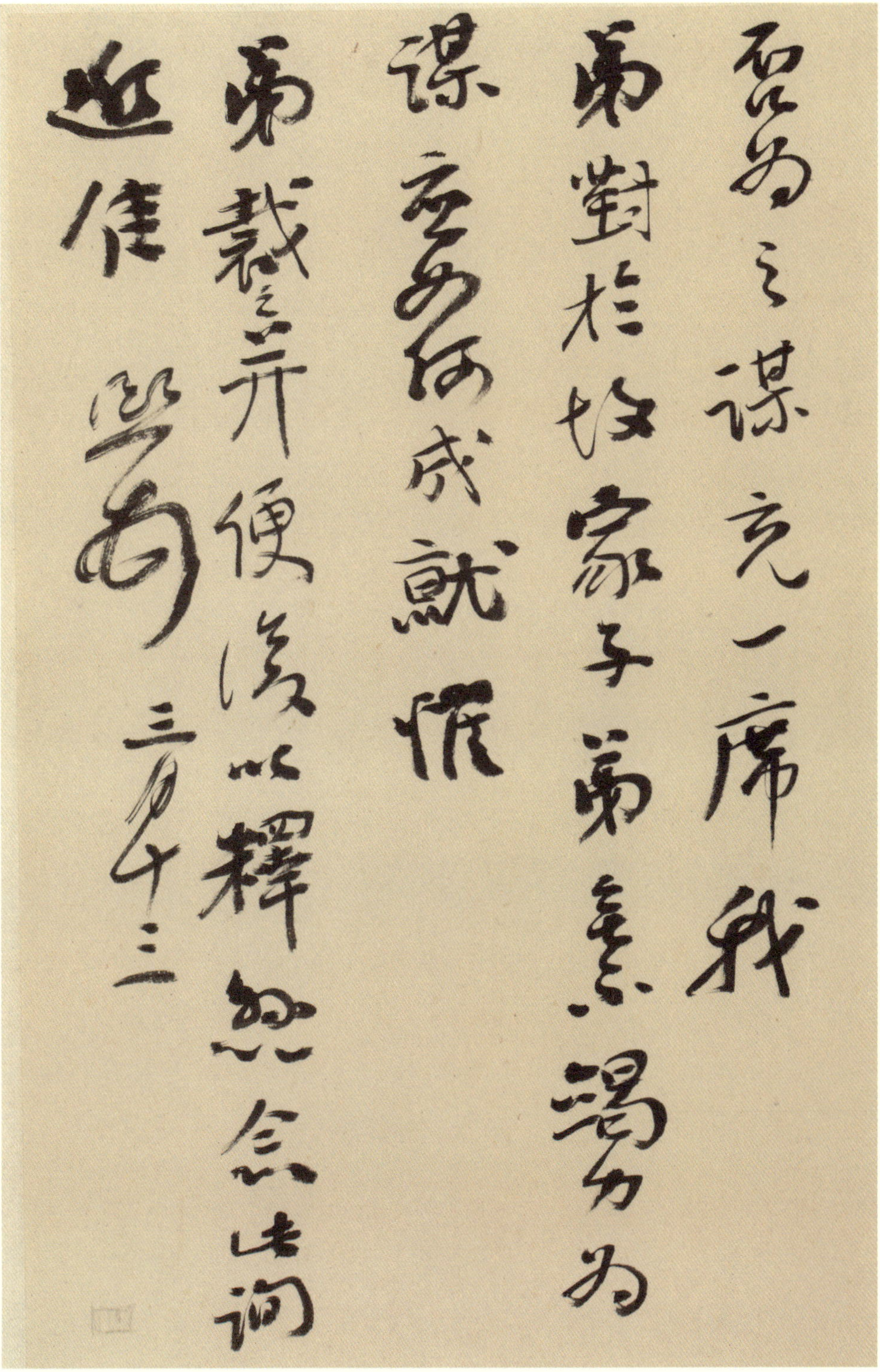
至為之謀亮一席我
弟對於姪家子弟素竭力為
謀亦未有成就恨
弟裁之并便復以釋懸念此詢
近佳　熙頓首
三月十三

第六十二通　致譚延闓書　一九三〇年

祖安三弟先生如見：瓶弟前遞來手書。《中興頌》雖有填補之筆，然確是明拓，碑在吾湘，然老輩流傳，正無一善本，殊憾事也。熙瘧後，又復因天時外感風寒，六日以來精神頗暢，然糾纏亦月有餘矣。弟注射後如何？志鵬[一]醫學既高，而誠篤尤可愛，李家子弟當推第一人。惟此時來滬行醫，自是正辦，所苦目下最少亦須三千竿，筠安書畫典質亦盡矣，未識同濟能兼就一館否？又聞滬甯，滬杭皆設有官醫，能否爲之謀充一席？我弟對於故家子弟無不竭力爲謀，應如何成就，惟弟裁之，并便復以釋懸念。此詢

近佳

熙頓首　三月十三

［一］志鵬，即李志鵬。

「曾譚扇面」

阿扇来书告 弟雨便并 志卿心极精
细且能查病情必确
奉摁不过胃较尋常人
大其天受之大与同人皎
病當能辨之鄽見雨月

以来 弟之神气完之隨
時調養之即渴不須吃脈詎
也惟瘧病餘害為未一律掃
清固服金鶏纳些經之效亦
姐高三先生 翁門十七

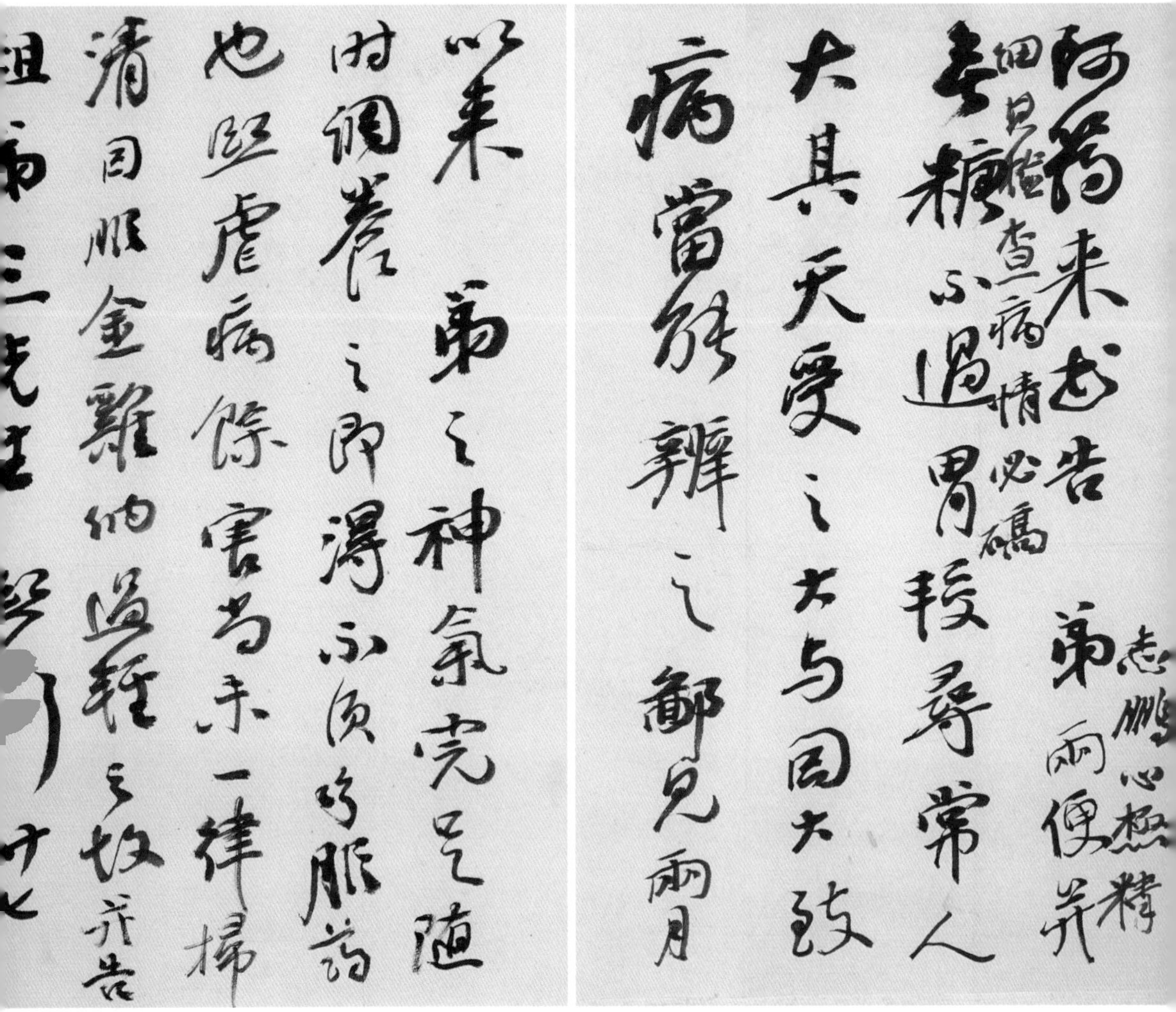

第六十三通　致譚延闓書　一九三〇年

阿筠[一]來書，告弟兩便并無糖，不過胃較尋常人大，其天受之大與因大致病當能辨之。（志鵬心極精細，其檢查病情必碻。）鄙見兩月以來，弟之神氣完足，隨時調養之即得，不須多服藥也。熙瘧病餘害尚未一律掃清，因服金雞納過輕之故，并告祖弟三先生

熙頓首　廿七

[一] 阿筠，即李瑞奇。

數日前得阿筠留書告知
弟又患瘧疾，志鵬兩易為但未識有
其他病否〻。望詳告。我三月中
精神極暢，正方欲渡錢塘，窮覽
富春一帶山水，詎四月二十一日患瘟
病，雪江來診，以為我來無恙，繼未得法

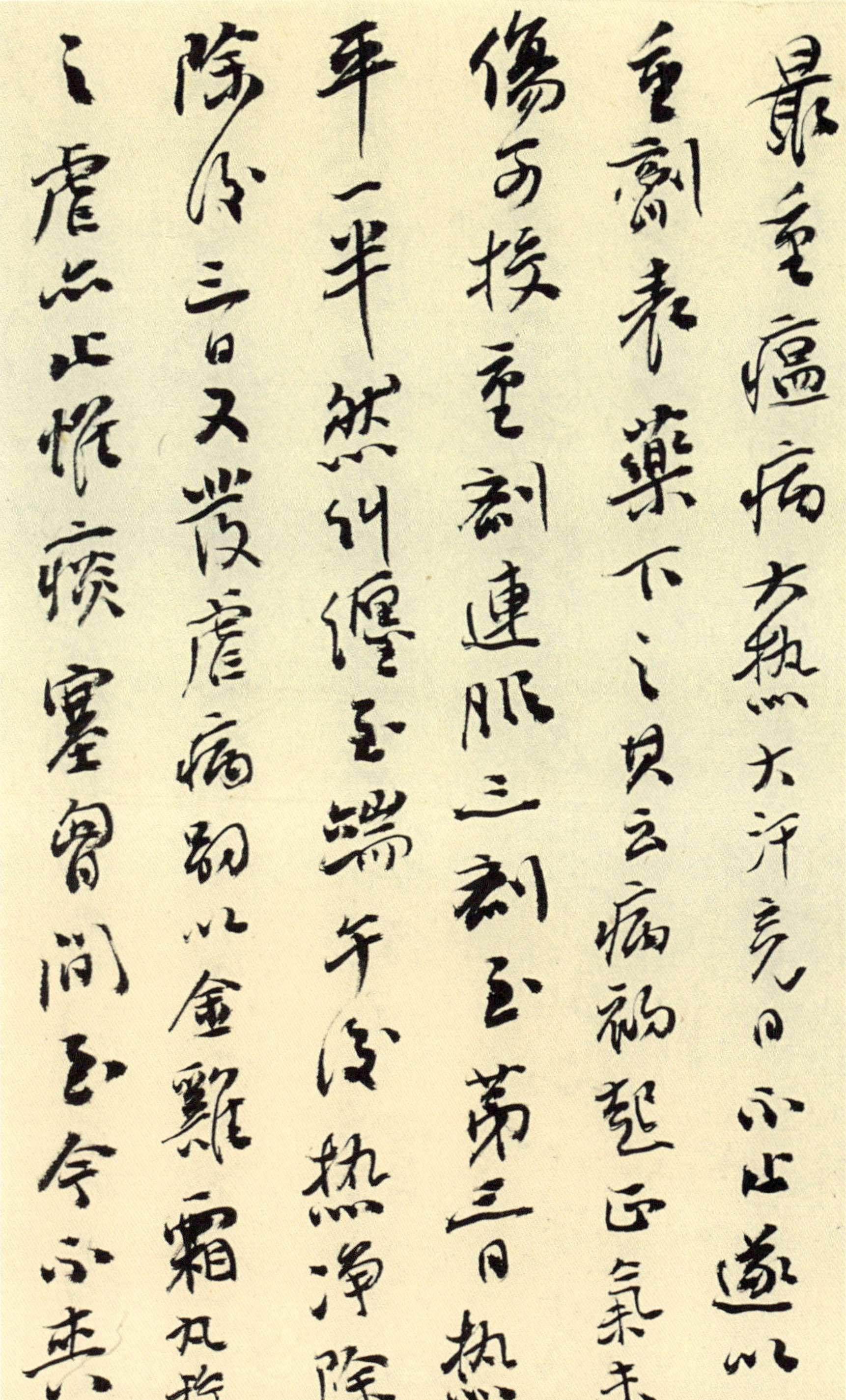
最重瘟病大熱大汗竟日不止遂以重劑表藥下之其云病稍退正氣未傷可接重劑連服三劑至第三日熱平一半然仍遷延至端午後熱淨除除後三日又發瘧病初以金雞霜丸投之瘧亦止惟痰塞胷間至今不去

快耳聞玉梅庵聯已出刻交翁又
惠示吉鵬二竿為開辦經費此天閣
已交感泣地下稱与翁不得置詞也
三日來亦勉強日出數聯亦不覺苦
并告先生
祖庵三弟 先生 [illegible] 十八

第六十四通　致譚延闓書　一九三〇年

數日前得阿筠函，告知弟又患瘧，此志鵬所易爲，但未識有無他病夾之，幸詳告。髯三月中精神極暢足，方欲渡錢塘，窮覽富春一帶山水，嗣四月二十一日患瘟病，雲江[一]來診，以爲髯來上海從未得此最重瘟病，大熱大汗，竟日不止，遂以重劑表藥下之。其云病初起，正氣未傷，可投重劑。連服三劑，至第三日熱平一半，然糾纏至端午後熱净除，除後三日又發瘧病，嗣以金雞霜丸投之，瘧亦止，惟痰塞胸間，至今不爽快耳。聞玉梅庵聯已書刻交筠，又惠予志鵬二竿爲開辦經費，此天闕亡友感泣地下，髯與筠不得置詞也。三日來亦勉强日書數聯，亦不覺苦，并告。此上

祖庵三弟先生

熙頓首　十八

[一] 雲江，即姚雲江（一八九九—一九五〇），自署二仲居士，齋名二仲草堂。浙江嘉善縣人。曾熙入室弟子。衡陽書畫學社社員，曾李同門會發起人之一。滬上著名兒科醫生，懸壺於上海白克路，診所名痧痘兒科。

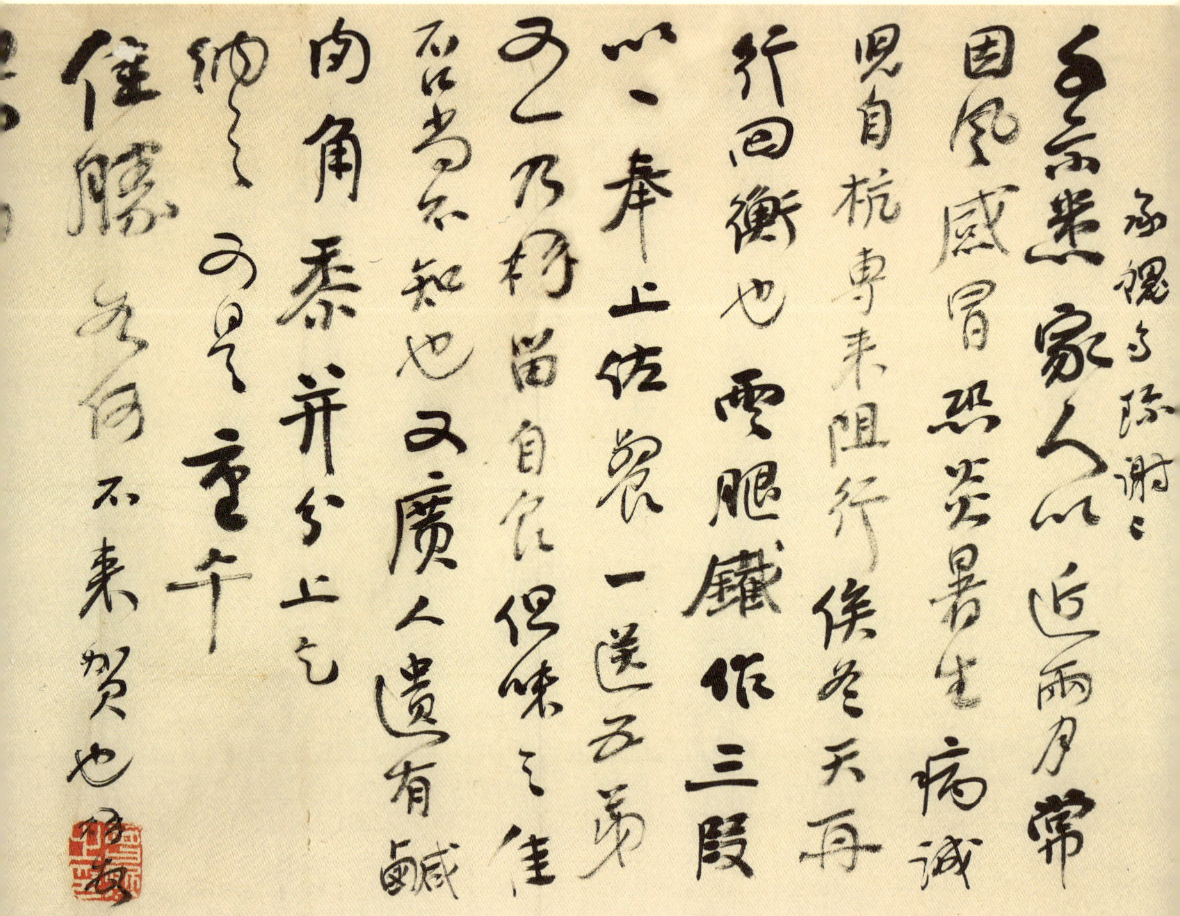
承貺多珍，謝謝。
奉示悉。家人以近兩月常
因風感冒，恐炎暑生病，誠
恐自杭專來阻行，俟秋天再
行回衡也。雲腿截作三段，
以一奉上佐餐，一送吾弟，
又一乃抒留自食，但味之佳
不得嘗不知也。又廣人遺有鹹
肉角黍，并分上，乞
納之。又是重午，
佳勝。兄何不來賀也。舒安

第六十五通　致譚延闓書　一九三〇年

手示悉（承餽多珍，謝謝）。家人以近兩月常因風感冒，恐炎暑生病，誠兒自杭專來阻行，俟冬天再行回衡也。雲腿鐵[一]作三段，以一奉上佐餐，一送五弟，又一乃髯留自食，但味之佳否尚不知也。又廣人遺有鹹肉角黍，并分上，乞納之。又是重午佳勝，如何不來賀也。

畏弟

髯頓首

鈐印：曾熙之印（白文）

[一] 應爲「截」。

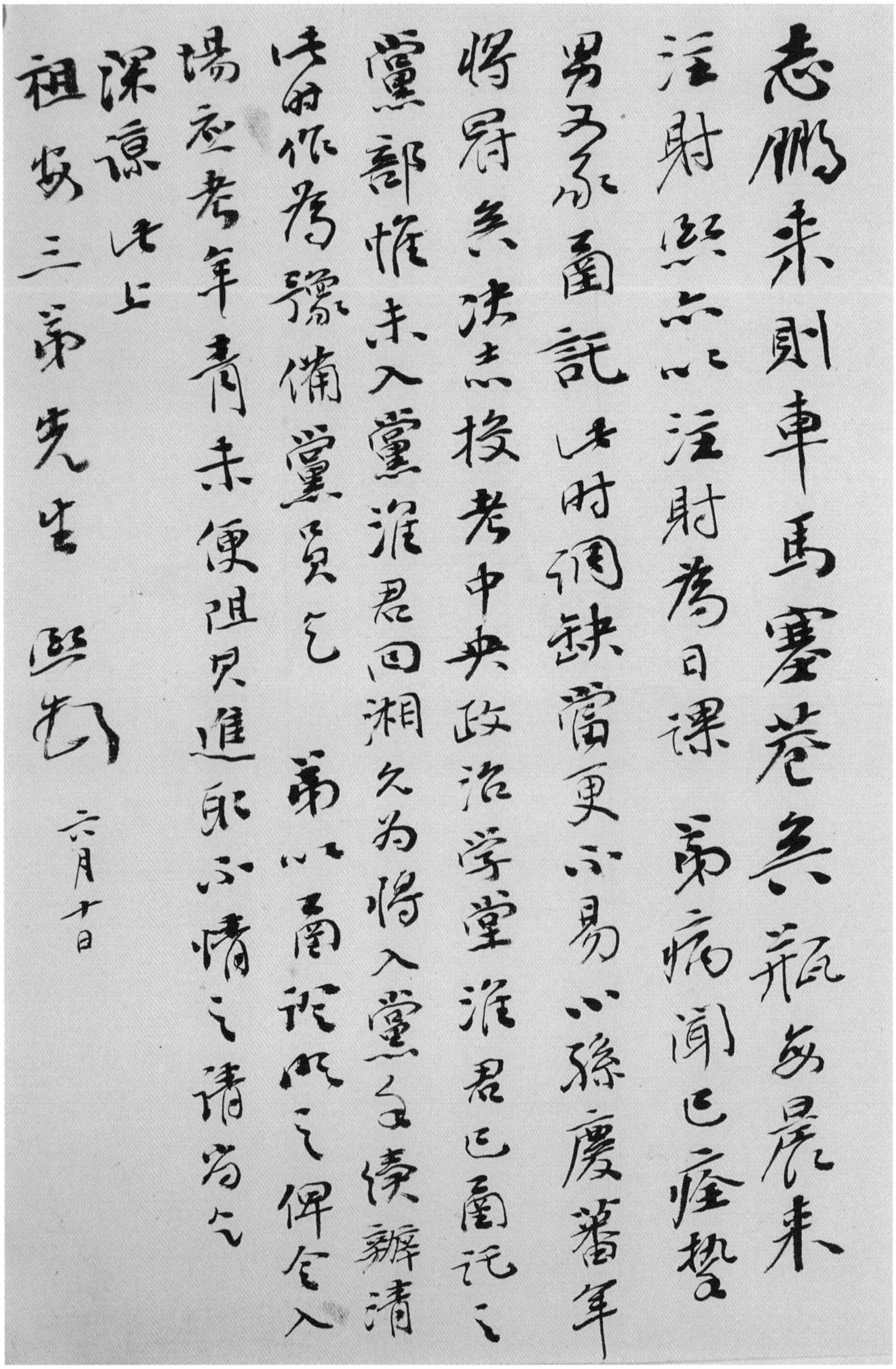

志鵬來則車馬塞巷矣瓶庵昨來
注射與六以注射為日課弟病漸已痊愈
另及家函託吋調缺當更不易以孫慶蕃年
將屆矣法志投考中央政治學堂雅君已函託之
黨部惟未入黨雅君回湘久為將入黨之續辦清
請作為預備黨員也弟以函託既之俾令入
場應考年青未便阻其進取亦情之請也
深諒 是上
祖安三弟先生 熙叩
六月十日

第六十六通　致譚延闓書　一九三〇年

志鵬來，則車馬塞巷矣。瓶每晨來注射，熙亦以注射爲日課。弟病聞已痊。摯男又承函託，此時調缺當更不易。小孫慶蕃[一]年將冠矣，決志投考中央政治學堂，淮君[二]已函託之黨部，惟未入黨，淮君回湘，允爲將入黨手續辦清，此時作爲豫備黨員，乞弟以函證明之，俾令入場應考。年青未便阻其進取，不情之請，尚乞深諒。此上

祖安三弟先生

熙頓首　六月十日

[一] 慶蕃，即曾慶蕃（一九一一—一九五一），字昌蕃，號再生，行一，湖南衡陽人。上海持志大學政治經濟系畢業。曾熙長孫。

[二] 淮君，即王祺（一八九〇—一九三七），字淮君，別署思翁、髯散居士，湖南衡陽人。近代政治家、教育家、書畫家。畢業於長沙優級師範學堂，參加同盟會。民國初年留學美國。歸國後，任國民黨中央候補執行委員、國民政府立法委員、中國美術學會總幹事等職。先後任教於浙江省第一師範學校、上海民國女子工藝學校、暨南大學。一九二二年，曾熙爲其訂書畫潤例刊登於《申報》。臨終前，因思念故人，移居於衡陽學宮巷八號曾熙故居而終。著有《髯散書畫集》《髯散詩存》等。

附録一

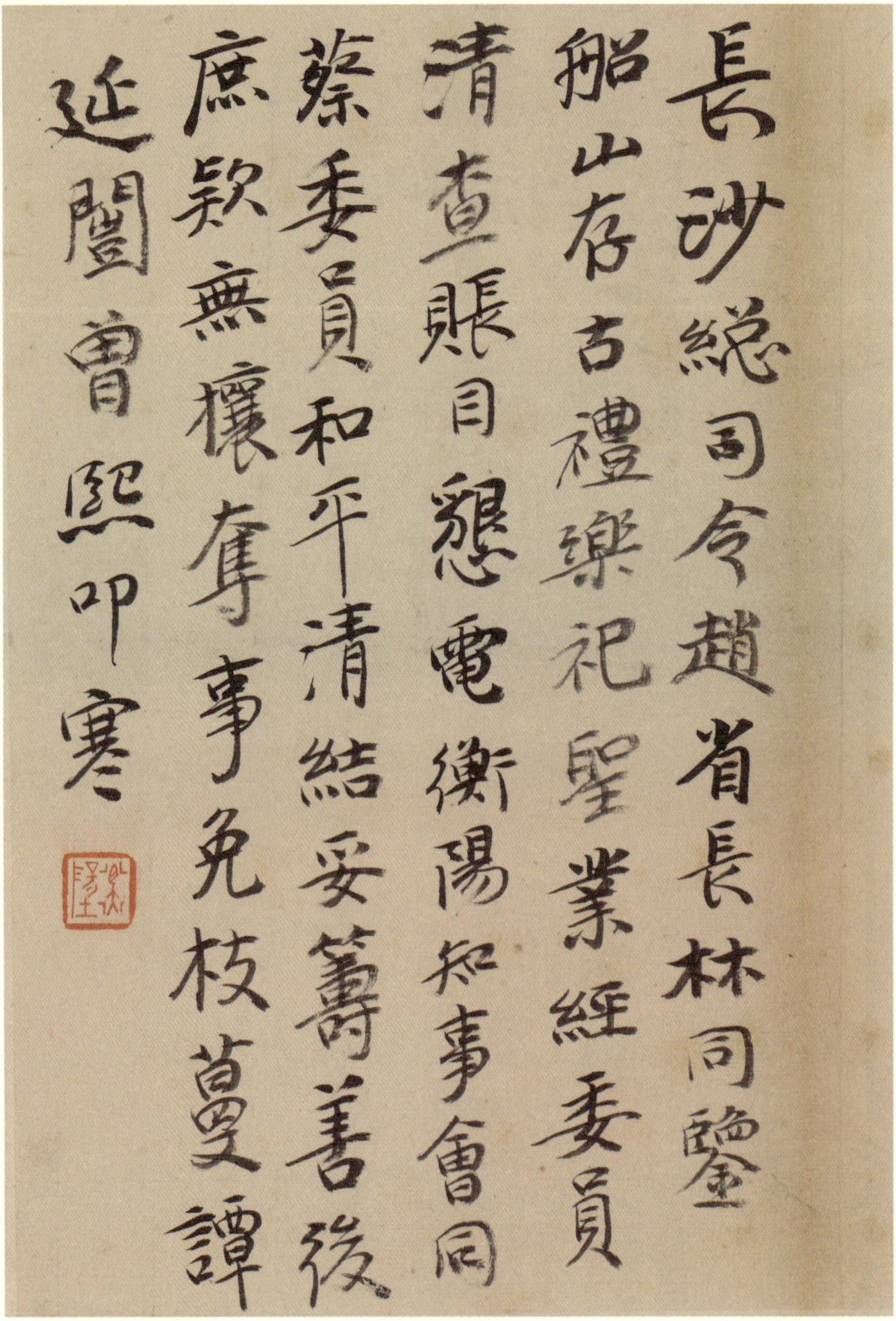

長沙総司令趙省長林同鑒
船山存古禮樂祀聖業經委員
清查賬目懇電衡陽知事會同
蔡委員和平清結妥籌善後
庶款無懷奪事免枝蔓譚
延闓曾熙叩寒

第一通　曾熙、譚延闓致趙恒惕、林支宇電　一九二一年

長沙總司令趙[一]、省長林[二]同鑒：船山存古禮樂祀聖，業經委員清查賬目，懇電衡陽知事，會同蔡委員和平清結，妥籌善後，庶歘無攘奪，事免枝蔓。

譚延闓、曾熙叩　寒

鈐印：衡陽（朱文）

[一] 趙，即趙恒惕。

[二] 林，即林支宇（一八七七—一九三〇），字特生，湖南常德人。曾任湖南警務處長、省長等職。

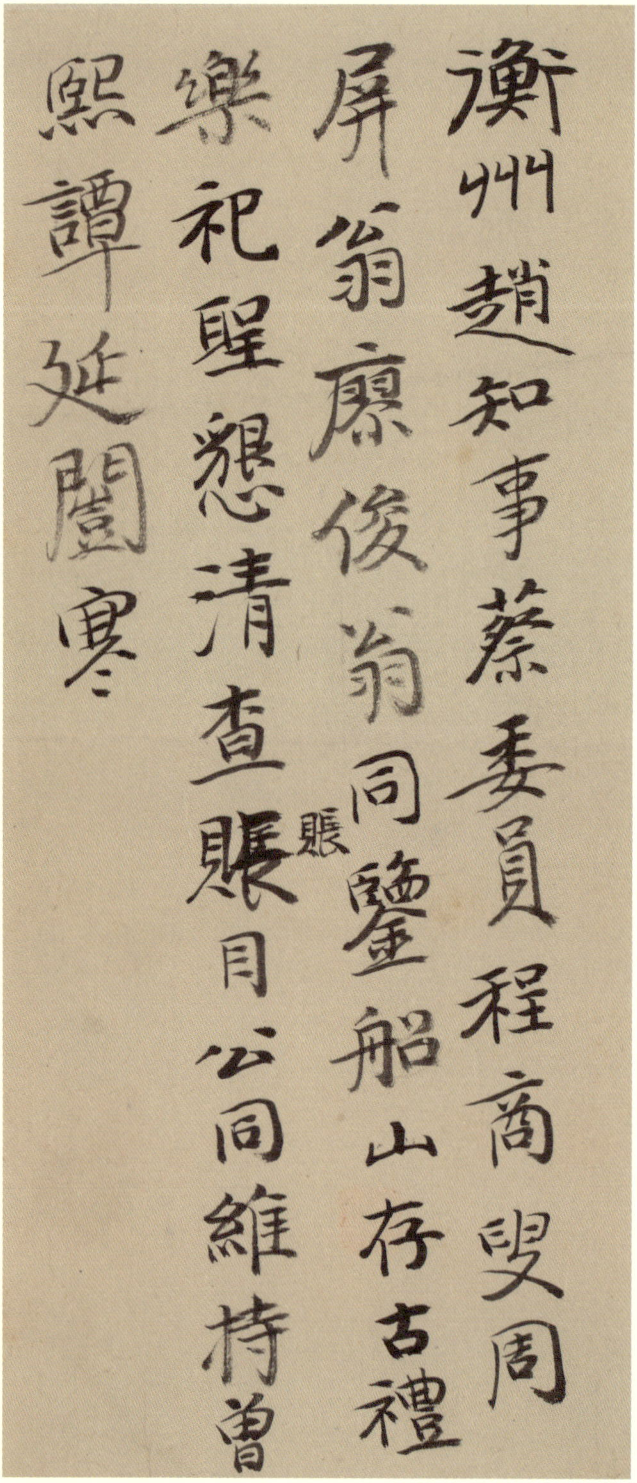

衡州趙知事蔡委員程商叟周
屏翁廉俊翁同鑒船山存古禮
樂祀聖懇清查賬目公同維持曾
熙譚延闓寒

賬

第二通 曾熙、譚延闓致衡陽趙聚恒、蔡委員、程商霖、周名建、廖廷銓電稿 一九二一年

衡州趙知事[一]、蔡委員、程商叟[二]、周屏翁[三]、廖俊翁[四]同鑒：船山存古禮樂祀聖，懇清查賬目，公同維持。

曾熙、譚延闓 寒

[一]趙知事，即趙聚恒，生卒年不詳，湖南衡山人。少時負笈南路師範學堂。曾熙弟子。一九二〇年任衡陽縣長。曾熙撰書有《衡陽令趙君封頌》。

[二]程商叟，即程龢祥（一八四七—一九二四），字商霖，號息叟，湖南衡陽人。歷任淮南北皖鹽道，湖南榷運使，湖北江漢海關監督。光緒末年告老還鄉，在衡陽建有程公館，又名麟鳳山莊。

[三]周屏翁，即周名建（一八五〇—一九二八），字屏侯，晚號蓼翁，湖南衡陽人。肄業於石鼓書院。光緒八年（一八八二）舉人。官至雲南永昌知府。著有《蓼園文存》《蓼園詩存》《滇游草》《在滇見聞録》等。

[四]廖俊翁，即廖廷銓，生卒年不詳，湖南衡陽人。曾任賓州知州。一九一六年與楊承曾始創紅十字會衡陽分會。

附錄二

又出燕藩鳳、馬太夫人六十清隨出女壽廿六生日俱速予之好會醬也二十日午後六鍾絹色食間俟飯啟之會高呂汪及金伯民再予確信何如瓶南十七燭下

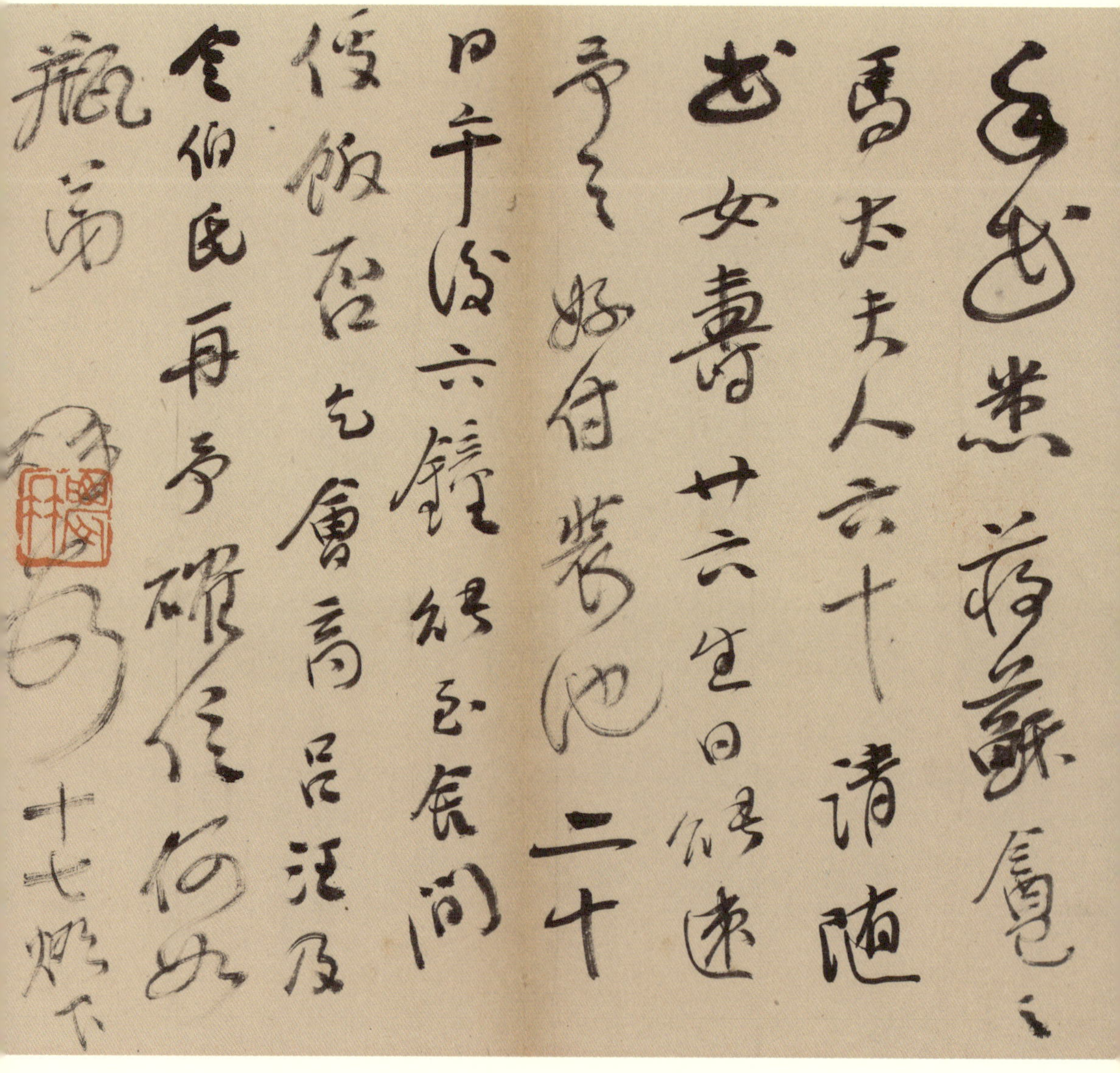

第一通　致譚澤闓書　一九二一年

手書悉。蔣蘇盦[一]之馬太夫人六十，請隨書「女壽廿六生日」，能速予之，好付裝池。二十日午後六鐘能至舍問便飯否？乞會商呂、汪及令伯氏，再予確信何如？

瓶弟

髯頓首　十七燈下

鈐印：農髯（朱文）

[一]蔣蘇盦（一八九三—一九七〇）名國榜，室名湖上草堂，江蘇上元人。一九一二年，拜入李瑞清門下，學書法及學問。晚年隨馬一浮遊。

額碑如何未見碑人來也有道人過花井五尺屏（屏の条）在陸盈庭見處計百元售價百五十元（不能減）前呂以為宋師長詢問道人過如宋意欲買以百五十元

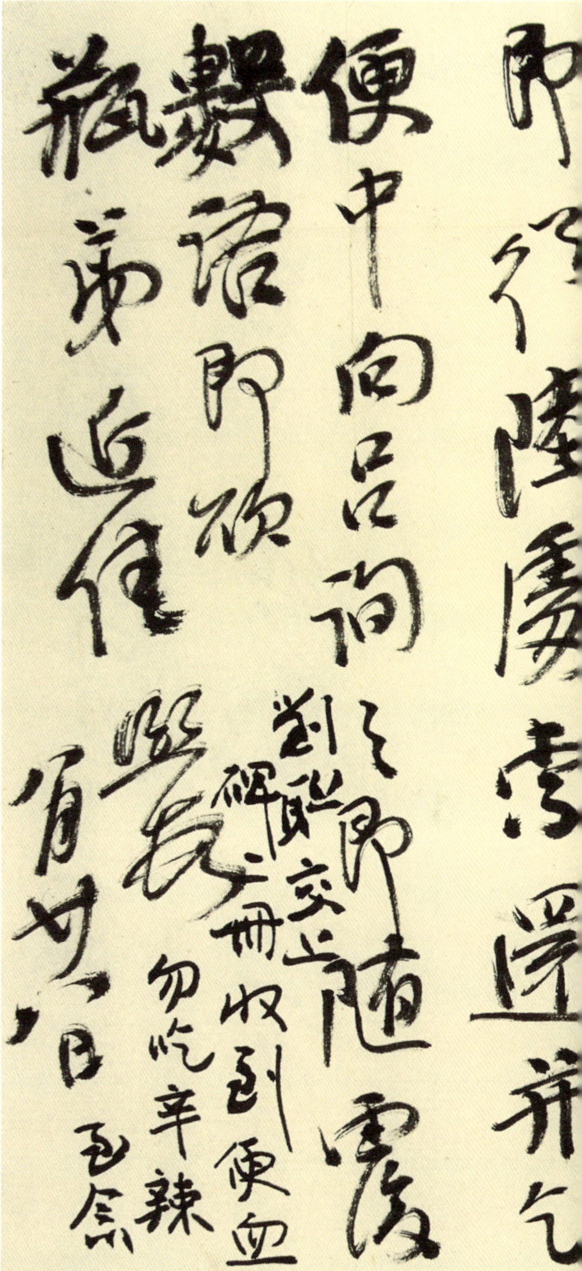

第二通　致譚澤闓書

顔碑如何？未見碑人來也。有道人畫花卉五尺屏四條，押在陸盈庭兄處，計百元，售價百五十元（不能減）。前吕公爲宋師長詢問道人畫，如宋意欲買，以百五十元即從陸處索還，并乞便中向吕詢之，即隨覆數語。（劉聯交上，碑二册收到。便血勿吃辛辣。至念。）即頌

瓶弟近佳

熙頓首　八月廿八日

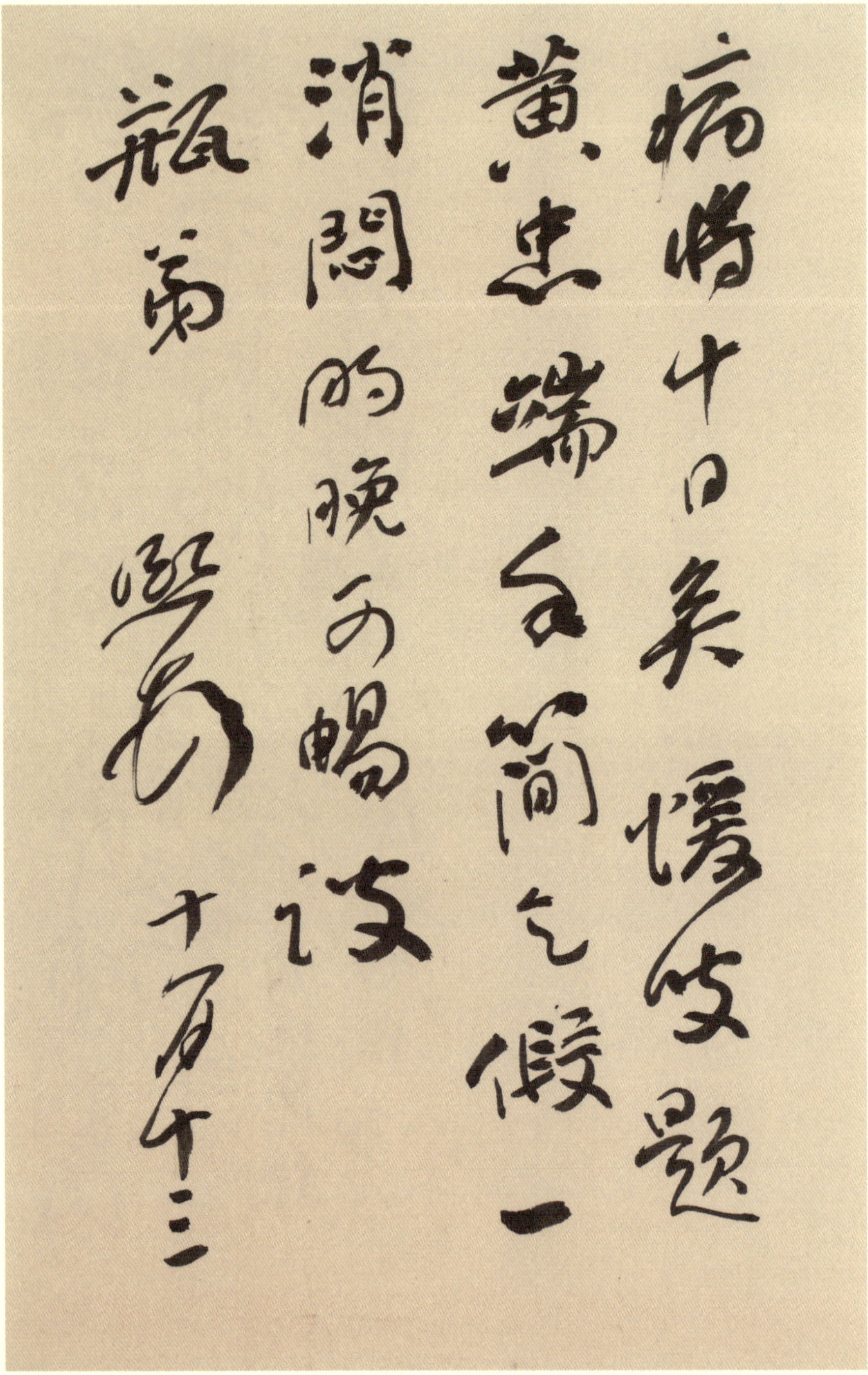
病將十日矣，懨坐題黃忠端合簡，乞假一消悶，晌晚可暢談。
瓶齋
鄧[illegible]
十月廿二

第三通　致譚澤闓書

病將十日矣，蝯叟[一]題黃忠端[二]手簡，乞假一消悶。明晚可暢談。

瓶弟

熙頓首　十一月十三

[一] 蝯叟，即何紹基。

[二] 黃忠端，即黃道周（一五八五—一六四六），字幼玄，號石齋，謚忠端。福建漳浦縣（今東山縣）人。天啓二年（一六二二）進士。明末學者、書畫家、文學家。歷官翰林院修撰、詹事府少詹事。南明隆武時，任吏部尚書、兵部尚書、武英殿大學士。著有《石齋集》等。

圖書在版編目 (CIP) 數據

曾熙致譚延闓書札 / 曾熙著 ; 曾迎三整理點校 . —
北京 : 商務印書館 , 2021
ISBN 978-7-100-19889-9

Ⅰ . ①曾… Ⅱ . ①曾… ②曾… Ⅲ . ①曾熙（1861-
1930）– 書信集 Ⅳ . ① K825.72

中國版本圖書館 CIP 數據核字（2021）第 079010 號

曾熙致譚延闓書札

曾熙 著　曾迎三 整理點校

商 務 印 書 館 出 版
（北京王府井大街 36 號 郵政編碼 100710）
商 務 印 書 館 發 行
南京鴻圖印務有限公司印刷
ISBN 978-7-100-19889-9

2021 年 7 月第 1 版　開本 720 × 1000 1/16
2021 年 7 月第 1 次印刷　印張 13

定價 180.00 元